君のいない世界に、あの日の流星が降る

いぬじゅん

JN032088

STARTS
スターツ出版株式会社

目次

君のいない世界に、あの日の流星が降る

プロローグ

『流星群は、奇跡を運んでくるんだよ』


君が教えてくれた言葉を、今でも覚えている。

あれからどれくらいの月日が経ったのだろう？

いろんなことがありすぎたけれど、今では思い出さないよう、記憶にフタをして過ごしている。

私は元気だよ。学校では笑えてるし、はしゃいだりもする。

でも、ふとしたことで急に泣きたくなったり、落ち込むことも。

動きの予測がつかない、こわれたおもちゃになった気分。

自分がこんなに弱いなんて思ってもいなかった。

自己主張だらけのSNSも、わざとらしいバラエティ番組も見るのが怖くなり、ひとりになると自分の世界に閉じこもっている。

〝生きている〟というより、〝やり過ごしている〟に近いのかもしれない。

そんな私を、梅雨《つゆ》にはじまった不思議な日々が変えてくれた。ううん、自分の意志で変わりたいって思えたの。

空を見ればまばゆいほどの星が輝いている。今にも落ちそうなほどはっきり見える星は、私の願いを叶《かな》えてくれるはず。

七月七日。

今夜、この町に――流星群がふる。

【第一章】雨は思い出を連れて

キッチンへ行くと、今朝もリビングのテレビがにぎやかに騒いでいた。女性アナウンサーの明るい声が耳にざらつき、思わずため息がこぼれる。

私に気づいたお母さんがリモコンでボリュームを下げ、ソファから立ちあがった。

「おはよう。よく眠れた？」

ドラマのセリフのように、毎朝同じことを尋ねるお母さん。口元に笑みを浮かべてそばまで来る。次はあの質問だろう。

「今日は、学校に行けそう？」

キッチンカウンターに置かれた弁当箱は、粗熱を取るためにフタが半分だけかぶさっている。横目で見ながらグラスにミルクを注いだ。

制服に着替えたとしても、行く気になれない朝もある。先週は学校に一度も行けていない。月曜日の今日は珍しく早く目が覚めたので、とりあえず向かうつもりだ。

「うん。今日は行くつもり」

笑みを意識し、明るく答えるとお母さんはぱちんと両手を合わせた。

「月穂《つきほ》の好きな甘いたまご焼き作ろっか？」

「あー、いらない」

「朝はちゃんと食べないとパワー出ないわよ。私なんて食パン二枚も食べちゃったんだから」

テレビよりも明るく大きな声ではしゃぐお母さん。

どうして私が高校へ行くことがそんなにうれしいのだろう。行かなくて困るのは私のほうなのに。

会話を続けたら、せっかくの気持ちが萎《な》えてしまいそう。

「こう見えてもダイエット継続中なんだってば。じゃあ、行ってくるね」

肩をすくめる自分をどこか遠くで見ているみたい。自然に明るく振る舞えるようになってから、どれくらい経ったのだろう？

「え、もう？」

一瞬眉をひそめたお母さんは、

「ちょっと待ってね」

と、いそいそと弁当箱をチェック柄の布で包んでくれた。

洗面所に行き、鏡に自分の顔を映してみる。お父さん譲りの大きな目に、お母さん譲りの標準の高さの鼻。誰に似たのかわからない小さめの唇は私のコンプレックスのひとつだ。

櫛《くし》を手にして気づく。前髪は校則通り眉の上でそろっているけれど、いつの間にかうしろ髪は肩まで伸びている。

意識して鏡に笑いかけてみる。ぎこちない笑顔に落ち込んだまま、リビングに戻った。

通学用のリュックに弁当箱をしまい、廊下を進むとお母さんの声が追いかけてくる。

「長野《ながの》県も、今日から梅雨入りだって。カサ持っていきなさいね」

「もう梅雨入りなの？　やだなー」

家から早く出るゲームをしているみたい。お母さんのこと、嫌いじゃないのに……。

会話から逃げ出したい気持ちばかりが先行しているみたいだ。

靴を履いて玄関のドアを開けると、

「うわ……」

まぶしすぎる朝日が攻撃してくる。これで梅雨入りなんて、やっぱりテレビはろくなニュースを言わない。光を見ないようにうつむいたまま門を開ける。

「月穂」

ふり向くとお母さんが玄関先に立っていた。

「どうかした？」

「あ、ううん。気をつけて行ってらっしゃい」

少し胸のあたりがもわっとしている。きっとお母さんは私が無理していることに気づいている。そうだよね、長い間一緒に暮らしているんだからわからないはずがない。

一方、それを指摘することがルール違反ということもわかっている。気をつかい合った結果が今だとしたら、〝気づかないフリゲーム〟を続けるしかないのだから。

「じゃあ、行ってきます」

カサを少し持ちあげてみせると、お母さんはにっこり笑ってくれた。

歩きだすと同時に、私の顔から笑みは消えてしまう。

やっと本当の自分に戻れたみたいで少しホッとする。

夏服への移行期間も終わりに近い。今日から夏服にしたけれど、半袖のせいで朝の風が肌に冷たい。大きすぎる通学リュックを背負い、風をかき分けるように駅前へ向かえば、一歩ずつダメージをくらっている気分。学校に行こう、という気持ちも一緒にダウンしていくような感覚だ。

奮い立たせて足を進めても、うしろから来たサラリーマンが軽々と追い越していく。背の低さは歩く速さに比例しているから仕方がない。

駒《こま》ヶ根《がね》駅の前にあるバスロータリーに着く頃には息があがっていた。

ロータリーといっても、市内巡回バスは数年前に廃止されてしまったので、使っている発着所はわずかだ。

駒ヶ岳ロープウェー駅行きのバスに乗り、途中からは山道を歩くという登校ルートのせいで、季節によっては観光客とおしくらまんじゅう状態になることもある。

早く家を出たせいで、数本早いバスに乗れた。ここから一時間、バスに揺られる。

私の通う高校は、市内からはあまり人が足を運ばないはしっこの町にある。山の中腹に位置し、バスか車でしか行くことはできない。南アルプスの山も冬になればスキー客でにぎわうけれど、六月である今は閑散《かんさん》としている。学校のある時間だけ人口が一気に増え、夜になればひっそりと存在しているような小さすぎる町だ。

長野県で生まれ、今日まで過ごしてきた。他県の人は〝山ばかり〟というイメージがあるみたいだけれど、私の住む駒ヶ根市は見渡す限りの平地が続き、西東の遠くにアルプスの山が連なっている。

夏は涼しいし、山々の緑も深い。逆に冬は、他市に比べそれほど雪も積もらない。まあ、積もるときは半端ないけれど。それでも、この地が嫌いだと思ったことはない。

クラスメイトのなかには、東京《とうきょう》とか名古屋《なごや》の大学を志願している子もいるらしい。都会に行きたいと思ったことのない私には、ありえない選択肢だろう。

それにしても、こんな遠くの高校に通うなんて思わなかったな……。生徒の半数は学校併設の寮に住んでいるし、残りは近くの町出身の子たち。同じ中学校からは数人しか通っていないと聞いている。

なぜそんな人里離れた高校に進んだかというと――やめよう。

思い出のフィルムを上映すれば、決まって悲しみが波のように押し寄せてくるから。ざぶんざぶんと私を呑《の》み込み、息を苦しくさせるだけ。

バスの窓越しの景色をぼんやり見る。駅前から十分も走れば、ビルよりも民家のほうが増えてくる。果てしなく続く平地には、やがて畑や田んぼばかりが目立つようになる。自然のなかに人間が間借りしている感じ。

バスがエンジンを震わせ、山道に入っていく。左右に体が振られるたびに、体力が削られていくみたい。

距離に嘆いたとしても、バスに乗っている時間が私は好きだった。きっと、本当の白山《しろやま》月穂に戻れる貴重な時間だからだろう。

バスには、徐々に同じ制服の生徒が増えていき、同じクラスの子もふたり乗ってきた。気づかれないように顔を伏せ、気づいていないフリで目を閉じた。

いつから私はこんなに臆病になったのだろう。

不登校気味な高校生活になるなんて、中学生の頃は想像もしていなかった。

クラスメイトは前のほうの席にいるみたい。目を開けて確認すると、ふたりしてスマホとにらめっこしているうしろ姿が見える。

ホッとして窓越しの四角く切り取られた空を見あげた。

薄い月が窓枠のはしっこにぶらさがるように浮かんでいる。六月十三日の今日は、満月にいちばん近い十四番目の月。毎朝、月を確認しているのなんて、私だけなんだろうな。

中腹で停車したバスをおり、生徒の集団からわざと遅れて歩いた。傾斜のきつい坂道の先に、高校の門が見えてくる。ふり返ると木々や森、田んぼの緑が広がっている。上空に厚い雲が覆《おお》いかぶさっているせいだろう、いつもよりくすんで見えた。このあと雨がふりだすのかもしれない。

今から教室に行ってしまうと、そのぶんもうひとりの私を長時間演じなくてはいけない。

「まだ早いよね……」

人の流れから抜け、校庭の奥へ向かうことにした。

ベンチに座り、リュックを背からおろし隣へ置くと、背中が汗ばんでいた。

斜め前にテニスコートがある。朝練をしているのだろう、ボールを打つ音や部員の掛け声が耳に届く。紺色のジャージ姿がちらほら見えている。

楽しそうに笑う部員の声にまたため息がこぼれた。同時に、過去の思い出たちが頭のなかで上映会をはじめる。

――夏服、梅雨、折りたたみカサ、バス。

ひとりで部屋にいるときは頭に浮かばないのに、どうして？

今でも色あせない、決して色あせさせたくない記憶を何度もくり返してしまう。

人が苦手になってから、どれくらいの時間が過ぎたのだろう？

昔は誰かとしゃべることが好きだったのにな……。それこそ、〝口から生まれてきた〟とからかわれることもあるくらい、いつも誰かと話をしていた。みんなの笑っている顔がうれしくて楽しくて、毎日はキラキラと輝いていた。

……今では話すことが怖い。注目されることも見られることも、心配されることすらにも怯《おび》えている。それを見せないようにするために明るく振る舞って、あとでぐったりと疲れている。

だったら無理して演じなければいい。わかっている……わかっているのに止める方法が自分でもわからない。

期末テストまではまだ日があるし、やっぱり今日は帰ろうかな……。

そんなことを考えていると、

「おはよう」

うしろから声がかかった。驚いてふり返ると、村岡麻衣《むらおかまい》が立っていた。

「あ、おはよう。ぼーっとしてたからびっくりしちゃった」

村岡麻衣はベンチの右隣にどすんと腰をおろした。ショートボブの髪がさらりと揺れ、大きな瞳が私を見つめる。

「さっき校門のところで見かけてさ、〝月穂〟って声かけたけど気づいてくれなかったから、必死で追いかけてきちゃった」

呼吸を整えようと大きく深呼吸する麻衣に、私は意識して笑顔を見せる。

「そうだったの？　全然気づかなかったよ〜」

ぷうと麻衣は頬を膨らませた。

「三週間ぶりの再会なのに冷たいこと」

「ごめんごめん。私もさみしかったよ」

はしゃぐ私に麻衣は首をかしげた。

「体調はもういいの？」

「え？」と聞き返して慌ててうなずく。学校を休みがちな理由を、体調不良にしていることを思い出したから。元気な笑顔は不向きだったかもしれない。

「まだ本調子とは言えないけど、少しずつ……かな」

さっきより声のトーンを落とした。

「季節の変わり目、ってニュースでも言ってた。去年の今くらいから具合悪くなったでしょう？　一年間くらい、体調くすぶってるよね」

もう一年か……。不登校気味になったのは最近のことだと思っていたけれど、そんなに経っていたんだ。

なんて答えていいのかわからず、無意味に肩までの髪を指でなぞった。

「でも、月穂に会えてうれしい」

麻衣はかわいい。長いまつ毛にまっ白い肌の持ち主で、私よりもすらっとした体型。一年生のときから同じクラスで、いちばん仲がよいクラスメイトだ。

「私もうれしい。ほんと、健康な体がほしいよ」

嘆く私に麻衣は笑った。これでいい。

すべて、もうひとりの私がしていること。しなくてはいけないこと。

さっきバスで見かけたクラスメイトとも、教室では普通に話をする。

一年前の自分がどんな感じだったのかもわからないまま、今も口のはしに笑みを意識している。

麻衣は「で」とテニスコートのほうを見た。

「こんなところでなにしてたの？　ひょっとしてテニス部に好きな子がいたりして」

「そんなわけないでしょ。ちょっと休憩してただけ」

軽い口調で答える。

「あやしいなあ」

「あやしくないって。それより、見て。月が出てる」

北西の空を指さすけれど、麻衣は目をこらして「どこ？」と低い位置を探している。

「もう少し上のほう」

「あった！　わ、今日は満月なんだね」

八重歯を見せて笑う麻衣に本当は教えてあげたい。今夜は十四番目の月だということ、満月は明日だということ、あさってからは月は欠けていくということを。

――それは全部、彼が教えてくれたこと。

「……満月だね」

胸に広がる悲しみを隠して笑ってみせるの。ざぶんざぶん、と悲しい音が聞こえないように。自分がまたこわれてしまわないように。

そんな私に気づかず、麻衣は「ねえ」と、なにか思い出したように手をたたいた。

「月穂って、月とか星が好きなんだよね？　ほら、一年生のときに星占いをしてくれたことあったじゃん」

「〝星占い〟じゃなくて、〝月読み〟ね」

思わず訂正してからキュッと口を閉じた。言葉数を多くすれば、そのぶん彼の記憶を呼び覚ますことになる。説明は最低限にとどめておかなくちゃ。

人と深くかかわらないことに決めたのは、失った恋を思い出したくないから。失恋がきっかけで性格まで変わってしまったなんて、誰にも言えない秘密だ。

「そうだったそうだった、月読みって言ってたよね。あれ？　星占いとどう違うんだっけ？」

首をかしげる麻衣にあやしまれないように自然に立ちあがる。

「星占いは、星座から占う方法。月読みは月の満ち欠けを参考にして、自分の星座との位置関係を見ることで未来を読み解く方法。ま、オリジナルだけどね」

リュックを背負うと、さっきよりも重く感じる。

「オリジナル？　月穂が作った占いだっけ？」

「一応参考にしている〝星読み〟ってのはあるんだけどね。どうやって作ったかは、もう忘れちゃった」

歩きだす隣に麻衣が並ぶ。遠くにあった雲がさっきよりも空を侵食している。

「ね、また占い……じゃないや、月読みまたやってよ」

「それがさ、やりかたも忘れちゃったんだよね」

「えー。けっこう当たってたと思うよ」

入学してすぐの頃は、よく月読みをしていた。でも、もうできない。

「今度、チャレンジしてみてよ。最近、うまくいってなくってさ」

なかなかほかの話題へ移ってくれない。仕方ない、と奥の手を出す。

「それより、麻衣は最近どうなの？　うまくいってない、って例の片想いのこと？」

麻衣は「ひゃ」と短い悲鳴をあげて私の腕に手を絡ませてきた。

「それがさ、聞いてよ～」

麻衣は教室に着くまでの間、いかに片想いは大変かについて語ってくれた。

私の恋は片想いじゃなかったけれど、失ったあとはもっとつらい。なにも知らない麻衣に、あの恋について語ったならどうなるんだろう？

うん。そんなこと、絶対にできない。

——テニス部、月、星、月読み。

この世界には、彼との思い出があふれている。場所やワードは、忘れたい記憶をよみがえらせる呪文のように、一瞬で私を過去に戻してしまう。

一年間、ずっと見ないフリをしてやってきたんだから、これからもできるはず。自分に言い聞かせながら、廊下の窓から空を見る。

もう月は雲に隠され、その姿を消していた。


「んだよ」は、日比谷《ひびや》空翔《そらと》の昔からの口ぐせだ。

昼休みになると同時に私の席に来た空翔は、開口いちばんそう言った。

湿度のせいでパーマっぽくなる髪をさわるのもくせのひとつ。背はそんなに高くないけれど、テニス部で鍛えられた体はスリムながら筋肉が制服越しでもわかる。童顔で人懐っこい笑顔の空翔はクラスでもムードメーカー的存在だ。こういうところ、昔から変わっていない。まだ初夏だというのに、すっかり体ははちみつ色に焼けている。

中学生のときから一度もクラスが分かれたことがないからよく知る間柄だ。

「いきなりなによ」

弁当箱を広げる私の隣で、麻衣が口をぽかんと開けたままフリーズしているのが見えた。

「いや、休んでたわりに元気そうだなって」

「元気になったから来たの」

「そうだけど……大丈夫か？」

またこの顔だ。私と話をする人は、曇った表情をすることが多い。悲しみにふさぎ込んでいても、元気そうに振る舞っても、結局は同じこと。

空翔の視線は休み時間のたびに感じていた。今だって、決心して尋ねてきたことはわかっている。だからこそ、なんでもないようなフリをするしかない。

「大丈夫、ってなにが？」

「今朝テニスコートにいたろ？ な？」

空翔は私じゃなく麻衣に尋ねた。

「え……？ あ、うん。いた、いました」

顔を真っ赤にして答える麻衣は、入学以来ずっと空翔に片想いをしている。私からすればデリカシーのない空翔でも、テニス部の副キャプテン候補ということもあり、女子から人気があるそうだ。中学一年生のときから知っているので、どこがいいのか私には理解できないけれど。

「村岡さんおもしろい。なんで敬語なわけ？」

おかしそうに笑ったあと、空翔は私に視線を戻す。

「ベンチでぼんやりしてる顔が真っ青に見えたからさ。元気ならよかった」

会話の最後のほうになると、毎度のごとく罪悪感が顔を出す。せっかく心配してくれているのに申し訳ないな、と思う。

元気なフリをすることは、相手にウソをつくことだから。

本当は全然元気なんかじゃない。悲しみのなかでうずくまっていることを言えずにいる。言いたくない。言ってはいけない。

「大丈夫だって。でも、心配してくれてありがとうね」

明るい声で笑ってみせる。

「そっか」と言ったあと、空翔はほかの男子に呼ばれて行ってしまった。それをじっと目で追う麻衣。

「麻衣、見すぎだから」

「あ、うん……」

恥ずかしそうにうつむく麻衣を見て、素直にうらやましいと思った。

恋を失った痛手は、長い間しくしくと痛んでいる。誰かを好きになることなんて、きっともうできない。

私のより小さい弁当箱を机に置くと、麻衣は胸を押さえ、「ふう」と言葉で言った。

「空翔くん、あたしが朝いたことも知っててくれたんだぁ」

「だね」

「あー、胸がいっぱいで息ができないよ。月穂はいいな、普通に空翔くんとしゃべれて」

上目遣いで見てくる麻衣に苦笑する。

「中学が一緒だっただけだよ。別に麻衣だって普通に話せばいいでしょう」

「え、無理無理無理無理無理！」

両手を広げ、胸の前で左右に振りまくったあと、麻衣は「でもさ」と急に真顔になった。

「月穂は空翔くんのこと、ほんとになんとも思ってないんだよね？」

「またその質問。ないって、百パーセント絶対にない」

「でも、朝だってテニスコートにいたし……」

ああ、なるほど。私が空翔のことを好きだと疑っている麻衣にとって、あの場所にいたのはたしかに不自然だった。

うかつな自分の行動に反省しながら、ふと麻衣に本当のことを話したい気持ちが生まれた。

『空翔の親友とつき合っていたの。今でも忘れられないの』

もし言ってしまったなら、麻衣は彼について聞きたがるだろう。クラスにその話題が広がり、空翔に確認する子も出てくるかもしれない。

過去の恋は、もう戻らない。永遠に叶わない二度目の片想いをしているような毎日だ。

「あのね、麻衣」

ムスッとした顔を近づける。

「私の目を見て。絶対にないから。むしろ、麻衣に協力したい、って思ってるんだからね。少しは信用しなさい」

「う……。そうだよね、ごめん。あたし、こういうのはじめてでさ……」

「わかるよ。空翔はいいやつだし、これからも応援してるからね」

「うん」

はにかんだ笑顔でうなずく麻衣に安心した。

――これでいい。学校では、昔と同じ〝私〟を演じる。誰にも悟られないように、気づかれないように。

「トイレ行ってくるね」

席を立ち廊下に出ると、いつものくせで空模様に目をやる。小雨がふりだしたせいで、遠くに見える山がけぶっている。

「なあ」

ふり返る前から、声の主が空翔だとわかっていた。神妙な表情で近づいてくる空翔に嫌な予感がした。

「本当に大丈夫なのか？」

中学のときからそうだった。私が体育の授業中にねんざしたときも、ひとつ授業が終わるたびに痛みを確認してきたっけ……。

「大丈夫だって。何度も言われると、学校に来ちゃいけない気分になる」

「そういうことじゃねーよ。ただ……ほら、もうすぐだし」

「……え？」

「七月七日のこと。もうすぐ七夕だろ？」

キュッと胸が悲鳴をあげた気がした。

お願いだから、それ以上言わないで。声に出さない願いは、絶対に叶わない。

「でさ」と、空翔は声を潜めることなく続ける。

「七日が平日だから、土曜日に星弥《せいや》の――」

「やめて！」

思わず大きな声を出してしまった。ハッと口をつぐんでも遅い。

空翔の向こうで、廊下を歩く生徒が目を丸くしてこっちを見ている。なんとか笑みを浮かべようとしても、激しく鳴る鼓動のせいでうまくできない。

「その話はしない、って約束したよね？」

なんとか口のはしをあげ、念を押す。

「あ……悪い」

髪を触りながら肩をすくめると、

「やっぱり思い出したくないんだ？」

窓の外を見て空翔がひとりごとのようにつぶやいた。

「そうだよ、思い出したくない。全部忘れたいの」

――忘れたくない。

「この高校で知ってるのは空翔だけなんだから、絶対に言わないでよね」

――みんなに知ってもらいたい。

「名前を出すのも禁止。これ言うの何回目？」

――彼の名前を口にしたい。

気持ちと逆のことをあと何回言えば、私は救われるの？

少し進んではふりだしに戻されるすごろくみたい。サイコロでどんな目が出ても、気づけば思い出に引きずられるように、もとの位置でひとり取り残されている。

「んだよ。あいつのこと、なかったことにしてんのかよ」

不満げな空翔は、思ったことをなんでも口にするタイプ。だから、昼休みになるまで話しかけてこなかったのは空翔なりのやさしさなのだろう。迷いながらも、やっぱり抑えられなかったんだ。

昔からそうだったな、と懐かしむ気持ちを拭い捨てる。

今は、早くこの会話を終わらせることに集中しなくちゃ。ニッと笑みを浮かべる。

大丈夫、不自然じゃない。

「そういうつもりじゃないって。ただ、学校では言わないでほしいだけ」

「でも、もうすぐ一年になるってのにさ……」

まだ納得できない様子の空翔に「ほら」と教室のほうを見る。

「女子ってウワサ好きでしょ。もし話を聞かれたりしたら、あれこれ質問されて説明しなくちゃいけないから。そういうの、めんどくさいし」

「はいはい。わかりましたよ」

「あ、その言いかた。ちっとも納得してないって感じ」

ケラケラ笑う自分を遠くで見ているみたい。空翔はもう一度「はいはい」とおどけると、教室へ戻っていった。

……忘れたいわけないじゃない。

空翔にとっては〝もう一年〟でも、私にとってあの悲劇は、昨日の出来事のようなものだから。

もう一度外に目をやれば、針のような雨が斜めにふっている。

さっきよりも景色はぼやけている。

バスをおりる頃には、雨はやんでいた。濡れたアスファルトを水たまりを避《よ》けて歩く。

久しぶりに会えて、麻衣はうれしそうだった。

私はちゃんと話ができたのだろうか。余計な心配をかけていないといいけれど……。

空翔には悪いことを言ったと思う。心配してくれているからこそ、ああやって話しかけてくれたのに、冷たい態度を取ってしまった。

後悔は、いつもあとから私のうしろをついてくる。こうすればよかった、ああ言えばよかった、が罪悪感になり、私を部屋に閉じ込めるんだ。

「ああ……」

まだ胸が痛い。感覚的なものじゃなく、本当にしくしく痛む。

久しぶりに星弥の名前を耳にしたからだ。あの頃は、聞くだけで幸せになれた名前も、今では悲しみ色に包まれてしまう。

星弥のいる世界に行きたい。それが無理なら、星弥のいない世界へ。思い出さえ消えてしまえば、こんな気持ちをぶら下げて歩くこともないのに。

学校で昔の自分を演じたり、家ではふさぎ込んだり。不安定な自分をなんとかしたい。そう思うほどに糸は絡まっていくようだ。

リュックを背負い直し駅前を歩く。

ひとりぼっち、半透明の私。

隣に星弥がいれば、って思うの。勝手にそう、願ってしまうの。

「月穂ちゃん？」

声に顔をあげると、スーツ姿の女性が私を見ていた。四十代くらいで髪をうしろでひとつに結んだ女性が、

「やっぱり月穂ちゃんだ。偶然ね」

うれしそうに駆け寄ってくる。

「あ……」

やっとわかった。彼の——皆川《みながわ》星弥のお母さんだ。星弥の家でしか会ったことがないから、スーツ姿は見たことがなかった。

思わず逃げ出しそうになる足をなんとか踏ん張り、頭を下げた。

「お久し……ぶりです」

おばさんはバッグを肩にかけると、私の両手を握った。昔から会うと、こんなふうに手を握りたがる人だったな……。

「信じられないかもしれないけど、今ちょうど、月穂ちゃん元気かなって思ってたところなのよ。すごい偶然ね」

答えられない私に構わず、おばさんは自分の格好を見おろし、照れたように首をかしげた。

「去年の秋から仕事をしているのよ。結婚前にいた職場に戻ったの」

「そう、なんですか……」

喉がカラカラに乾いて、うまく言葉になってくれない。元気そうにしなくちゃ、笑顔を作らなくちゃ。

「星弥のお葬式以来ね。あれからもうすぐ一年経つなんて……」

〝お葬式〟という言葉が耳から入り、喉を通り胸のあたりで止まった。息が……吸えなくなる。

湿っぽい口調になっていることに気づいたのか「でも」と明るい声でおばさんは白い歯を見せた。

「月穂ちゃんのこと心配してたから、会えてうれしい」

おばさんは元気ですか？　仕事を再開したのは、星弥が亡くなったからですか？

おじさんはどうしていますか？　お兄さんは？

聞きたい言葉が頭のなかでぐるぐる回っているみたい。なのに、どれも言葉にはならず、うなずくのが精いっぱい。

ふいにおばさんが握っていた手を離した。

「星弥が亡くなって、七月七日でちょうど一年経つのよね」

うつむきそうになる自分を奮い起こし、

「もう一年なんて、早いですね」

と声色を明るくした。

「一周忌《いっしゅうき》をささやかながら自宅でおこなおうと思ってるの。七月九日の土曜日の予定なんだけど、どうかな？」

さみしげに言うおばさんは、前に会ったときよりも疲れた顔をしている。髪にも白いものが目立ち、雨にふられたのかスーツの肩が濡れていた。

「月穂ちゃんの家って電話番号変わっちゃった？」

「あ、そうなんです。なんかインターネット電話みたいなのにしたみたいで……」

「携帯電話の番号もわからないから、空翔くんに伝えてもらえるようお願いしたんだけど、まだ聞いてなかった？」

「あ、空翔から今日聞いたところです」

「よかった。もし月穂ちゃんがよければ、あの子に会ってやって。きっとよろこぶから」

ジンジンとしびれていくのは、頭も体も心も。

おばさんは、「また詳しく決まったら空翔くんに伝えるね」と言い残し去っていった。

ひどい罪悪感が私を支配している。

やっぱり、今日は学校に行くべきじゃなかったんだ。

夕飯が終わるとお父さんは、お母さんに作ってもらったハイボールを宝物のように抱え、リビングのソファに座る。そこからは家のなかをテレビの音が支配する。

聞きたくもないニュースが一方的に耳に飛び込んできて不快だ。食べかけのハンバーグをあきらめ箸《はし》を置く。

「お父さん、もう少し音下げて」

そう言ってからお母さんは、おかわりしたご飯の茶碗《ちゃわん》を手に前の席についた。『やせたい』と言ってるわりに、行動は真逆のことをしている。もともと〝ぽっちゃり美人〟と自分を表現していたけれど、最近はさらにふっくらしたように思える。

「そういえば今日ね、懐かしい人に会ったのよ」

咀嚼《そしゃく》の合間にお母さんはそう言った。

え、と口のなかでつぶやく。胸が鼓動を速くしているのがわかった。まさか、星弥のおばさんに会ったのだろうか。

ううん、大丈夫。彼の話をしたくないことは、お母さんがいちばんわかってくれているはずだから。

「誰と？」

「館長さん。えっと、名前は樹《いつき》さんだったっけ？」

宙を見て目を細めるお母さんに、「ああ」とだけうなずく。樹さんは、高校の近くにある小さな図書館の館長さんだ。たしか、苗字は長谷川《はせがわ》さんだったはず。

普通、館長さんはおじさんがやってそうなイメージだけど、樹さんはまだ二十代後半だそうだ。

「中学のとき、よく受験勉強しに行ってたじゃない？」

「そうだけど、お母さんと知り合いだったっけ？」

図書館にお母さんと行った記憶はない。残りのご飯をほおばったあと、お母さんは目を丸くした。

「やだ、前にも言ったじゃない。館長さんのお母さんとパート先が同じなのよ」

「ああ……」

そんなこと言っていたような気がする。当時、お母さんには〝受験勉強〟と偽り、よく図書館に行っていた。でも、本当の目的は星弥に会うためだった。

胸の奥に鉛《なまり》が落ちたように苦しくなる。もうなにも食べたくない、聞きたくない、話したくない。

まさか、図書館の話もNGだと思っていないのだろう。お母さんは、「でね」と話し続ける。

「たまたま長谷川さんが息子さんと一緒にいるところに出くわしたのよ。ほら、樹さんって背が高いじゃない？　さらに、長髪にメガネだから目立つのよね。ご挨拶したら、『月穂さんにもよろしく』って」

「うん」

「なんかね、あの図書館、うまくいってないみたいなのよ」

声に出さずに顔をあげた。

お母さんはお茶を飲んだあと、「ほら」と顔を近づけた。

「あそこって山の中にあるでしょう？　なかなか来館者が伸びなくて大変なんじゃない？　あなたもお世話になったんだから、たまには顔出してあげなさいな。高校の帰りなら近いでしょう？」

「そうだね。今度行ってみる」

きっと私は行かないだろう。

あの場所には、星弥との幸せな思い出が多すぎる。

心と反対の言葉を口にするのは慣れている。今度こそ箸を置いて手を合わせた。

「ごちそうさまでした。お腹いっぱい」

自分の部屋に戻り、早くひとりきりになりたい。

「なあ、おい」

お父さんがテレビに目をやったまま私たちに声をかけた。

「すごいニュースやってるぞ」

「なになに？」

好奇心旺盛なお母さんがいそいそとテレビの近くへ向かったので、今がチャンスと立ちあがる。この隙に食器をシンクに置いて部屋に戻ろう。

が、お父さんは私にまで手招きをしている。仕方なく画面が見える場所まで行った。

ローカルニュースの番組のようだ。

真面目な顔の男性アナウンサーが『くり返します』と私を見た。

『やぎ座流星群が七月七日の夜、日本でも見られることは以前からお伝えしていますが、長野県は他県に比べ観察環境がよいことがわかりました。通常よりもかなり近い距離で、大流星群と呼ぶべき量の流星が見られる可能性が高いそうです』

――そこから先は、あまり覚えていない。

気づけば部屋にいた。真っ暗な部屋の真んなかでベッドにもたれて膝を抱えていた。

まだ、胸がしくしくと痛い。

「流星群……」

記憶の底に押し込めていた言葉をふいに聞いたせいだろう。

星弥との数ある思い出のなかでも、流星群には特別の思いがある。今年の夏、一緒に流星群を見ようと約束をした。それは、永遠に果たされることのない約束。

一年前に私の恋は終わった。それは、星弥が亡くなってしまったから。

彼の死を受け入れるには、あとどれくらいの時間が必要なのだろう。その日まで早送りできればいいのに……。

ドアをノックする音に続き、お母さんの声がした。

「月穂、大丈夫？」

大丈夫じゃない。でも、これ以上心配かけたくなかった。

「なにが？」

「あ、なんていうか……」

「もう寝るところ。なんかちょっと疲れちゃって」

声が震えないように伝えると、

「そう。おやすみなさい」

とお母さんはホッとしたように言う。

足音が遠ざかっていくのを確認してから、のろのろと起きあがり部屋の電気をつける。まぶしさに目を伏せ、机の椅子に腰をおろした。

机の引き出しのいちばん上を開ける。その奥に、彼と作ったノートがある。

久しぶりに取り出すと、表紙には〝月読みノート〟とペンで書いてある。星弥の几《き》帳《ちょう》面《めん》な文字をそっとさわり、だけど開くことができずにまたしまった。

『流星群は、奇跡を運んでくるんだよ』

よみがえる彼の声。

彼が言うと、本当に奇跡が起きるような気がしていた。

でも、もう私は知っているの。奇跡なんてこの世には起こらない。

あの頃は、毎日のようにいろんな神様に願った。どうか奇跡が起きますように。彼がずっとそばにいてくれますように。

願いは届かず、奇跡も起きなかった。

星弥だけがいないこの世界に、私はひとりぼっちで残されたんだ。

【夢①】

――今日の夢は、あまり好ましくない場面からはじまった。

教室に私はいる。クラスメイトの顔ぶれから見ると、中学二年生の夢だろう。黒板に五月十二日と記されていた。

懐かしいクラスメイトがいくつかのグループに分かれ、弁当を食べている。スピーカーから流れる校内放送がやけにリアルだった。

嫌な予感がする。きっと……この夢には星弥が出てくる。まだ星弥の夢を見るのはつらいから、早く、早く目覚めてほしい。

ギュッと目をつむっても、教室のざわめきは消えてくれない。

「ウケるよね」「マジで」「ありえないし」

あきらめて、口々に話をする同じグループの女子を見やる。

ドッと笑いが起き、私も一緒に笑っていた。

懐かしい。あの頃は、どんな小さなことでもお腹が痛くなるほど笑ったよね。

弁当を食べ終わった私は、自分の席へ戻る。そうだ、教壇の前の席だった。席につくと同時に誰かが教壇の前に立った。

――覚えている。

中学二年生で同じクラスになった星弥。距離が急に近くなったのは、この日の会話からだ。

やめて、これ以上思い出したくないよ。過去のやり直しみたいな夢は、今の私にはつらすぎるの。

なのに、私はあの日と同じように顔をあげていた。

そこには記憶よりも幼い顔の星弥がいた。黒い前髪が無造作に、校則ギリギリアウトくらいに伸びている。端正な顔立ちに鋭い眉、唇は三日月みたいに薄い。まだ五月だというのに焼けた肌で、いつも腕まくりをしている。

なんとなく人を寄せつけないオーラを感じていたけれど、空翔と一緒にいることが多いせいか、笑っている顔を見かけることも多くなっていた。そんな時期だ。

亡くなって以来、久しぶりに星弥の顔がこんなに近くになる。夢だってわかっていても、あまりにもリアルで現実世界にいるみたい……。触れてみたいと思うのに意思が反映されず、夢のなかの私は不思議そうに首をかしげている。

「前から気になってたんだけどさ、白山さんって月穂って名前でしょ？」

ああ、こんな会話からはじまったんだよね。忘れかけていた記憶を、夢が思い出させてくれている。

「あ、うん」

「俺は皆川星弥。つまり俺たちって、星と月なんだよね」

「うん」

同じ言葉で返す私。星弥は軽くうなずいたあと、教壇の上から覗《のぞ》き込むように、ぐんと顔を近づけてきた。

「月とかに興味あったりするの？」

「え、まあ……少しは」

「ふうん」

体をもとの位置に戻した星弥は、品定めをするように私を見てから「俺はさ」と続けた。

「名前のせいで、星について詳しくなっちゃってさ。星座のことならだいたいわかるんだ」

「私も満月カレンダーは頭に入ってるよ」

月の満ち欠けは一定周期で起こる。それをスケジュール帳に記すのは昔からの日課だった。あまり人に言ったことのない特技を、なぜか張り合うようにするりと言葉にしていた。

星弥は感心したように少し目を大きく開いた。

「てことは、俺たちは名前で人生を左右されてるふたりってわけだ」

そんなことを言う星弥に噴き出してしまった。

「それは大げさすぎない？」

同じように笑う星弥の目が、カモメみたいなカーブを描いた。同じクラスになってはじめて、彼が私にほほ笑んでくれた瞬間だった。

「秘密を教えてあげるよ」

さっきよりも声を潜めた星弥に、ゆっくりうなずいた。一度は経験したことなのに、はじめてのように胸がドキドキしている。

星弥の唇が動き、言葉になる。

「三年後の夏、この町に星がふるんだよ」

「それって――」

と尋ねた瞬間、ぐにゃりと周りの景色がゆがんだ。これは……夢が終わってしまうの？

星弥の夢を見るのはつらいはずなのに、私たちのはじまりのシーンがあまりにも愛おしくて、もっと見ていたかった。

今日だけはこのまま、夢の世界にいさせて。

必死で願っても世界はどろりと景色を変えていく。やがて真っ暗になったあと、足裏に土の感触が生まれた。

「あ……」

気づけば私は校門の前に立っていた。まだ夢の世界にいることはすぐにわかった。

この夢は……さっきの続き？

青空が上空に広がっている。上弦の月が薄く空に浮かんでいる。

「お待たせ」

星弥が駆けてくる。

さっきより背が伸びている。これは……中学三年生の春だ。一瞬で一年が経過したなんて、まるで昔話の浦島太郎《うらしまたろう》みたい。

「ねえ、部活に行かなくて本当にいいの？」

歩きだす星弥に夢のなかの私は尋ねた。星弥はキヒヒと笑うと頭のうしろで両手を組む。

「いいって。始業式の日くらいみんな遊びたいだろうし」

そうだった。この日は、私たちの関係が進展した日だった。

昔あった出来事をそのまま夢で見るなんて不思議。夢は、満たされない現実から目を背けさせるために見るものだ、と聞いたことがある。

星弥の夢だけは見たくないのに、どうして？

「空翔は？」

勝手に私の口はそう尋ねていた。

「あいつはああ見えて真面目だからさ。今頃自主練だろ」

この一年で、私たちの距離は近づいていた。ただのクラスメイトから、仲のよいクラスメイトに昇格した感じだ。

私の片思いも一年近く続いていることになるんだな……。甘酸っぱい感情が胸に広がった。

本当は星弥に抱きつきたい。泣きながら名前を叫びたい。こんなに強く想っているのに、体は自由に動いてくれなかった。

「すごく空翔らしいね」

「月穂って、空翔とは長いんだろ？」

「ただクラスが一緒なだけだよ。あいつ、ちょっとデリカシーないんだよね」

「じゃあ俺はデリカシーあるように見える？」

そんなことを尋ねる星弥に、

「どうだろう、ね」

と、視線を逸らした。胸が苦しくなる。

それにしてもやけにリアルな夢だ。駅前の風景も、バスに乗り込んだ感触もリアルそのもの。

これまで、こんなに長い夢は見たことがないと思う。まるで過去の再現をしているみたいな不思議な夢に、少しずつ気持ちが落ち着いていくのを感じた。

ああ、この頃、私はまだ幸せだったんだ……。

「二年後にこの町に星がふるんでしょう？　星がふるってどういうこと？」

バスはどんどん山奥へ進んでいる。今日は彼が私に出した長いクイズの答えを教えてくれる日だ。

「けっこうヒント出したつもりだけど、まだわからないかー」

クスクス笑う星弥。隣に座っているから、体の一部が当たっている。制服のシャツ越しに彼の体温を感じる。

夢のなかで星弥が生きているのなら、私もずっとここにいたいよ。

「どこに向かってるの？」

「それは着いてからのお楽しみ」

上機嫌な横顔を見てうれしくなる。突然誘われたときは驚いたけれど、ふたりきりになれるならこんなチャンスはない。

ようやく着いたバス停は、山の中腹にあった。まだ肌寒い風が私たちの間を吹いていく。山の天気は変わりやすいのか、空には灰色の雲が広がっている。

「天気、気になる？」

歩幅を緩めてくれる星弥に「うん」とうなずく。

「雨は嫌い。じめじめしてるし、夏服ならまだいいけど冬服じゃ乾きにくいし。それに、月も星も見えなくなるから」

「俺は雨、好きだよ」

「星が見えないのに？」

ニッと白い歯を見せた星弥が空を仰《あお》いだ。あごのラインがシャープで、見惚《みと》れてしまう。記憶にフタをしていたせいか、どの仕草も新鮮に思えた。

「雨は空を洗い流すんだよ。雨あがりの晴れた空……特に梅雨明けの夜空には、普段以上に星が輝いているんだ」

あまりにうれしそうに言うから、私もそんな気がしてきた。

教室ではどちらかといえば空翔がムードメーカーで、星弥はおしゃべりなほうじゃない。私だけに見せてくれる姿なんだ、ってうれしくなった。

意識していないと、これが夢であることを忘れてしまいそう。まるではじめて星弥とふたりきりで歩いている気分。

「あそこに高校、見える？」

星弥が山の中腹に見える建物を指さした。

「うん。聞いたことある。星《ほし》の里《さと》高校でしょ」

私立の高校で偏差値はまあまあ。でも、同じ市内とはいえ、場所が不便すぎて志望校には入れていなかった。毎朝、今乗ってきたルートを辿《たど》るのは大変そうだし。

「俺の名前がついている高校なんだ。だから、受験しようかなって」

「そんな理由で？　だってテニスでスポーツ推薦もらえそうだ、って空翔が言ってたけど？」

県外の高校へ行くものだとばかり思っていたから驚く。星弥は「ああ」と空を仰いだ。

「あれはやめた」

「なんで？」

きょとんとする私に、星弥は「んー」と考えてから歩きだすのでついていく。

「この山って、スキー場があるの知ってる？」

「小学校のスキー合宿で一度だけ行ったから知ってるよ」

「その上に天文台があるのも？」

「ああ……聞いたことはある」

一般の人が入れない天文台があるらしい。先生が教えてくれたんだっけ……？

「だからだよ」

よくわからないことを言う星弥に、私は「え？」と聞き返す。星弥が歩くスピードを落とし、横に並んでくれた。

「月穂は、まだ月が好きなんだよね？」

「うん」

「そうか」

うれしそうに言ったあと、「じゃあさ」と彼は続けた。

「俺と一緒にあそこの高校受けない？」

「え……」

思わず足を止めた私に、星弥は声にして笑った。

「冗談。でも、ちょっと本気だったりもする」

「な、なんで？」

顔が絶対に赤くなっている。まさか、こんなところで言われると思っていなかった。

同時に、自分があの高校に通う姿が容易に想像できてしまった。

離れ離れの高校に進むと思っていたから、急に現れた未来予想図にフワフワ浮かんでしまいそうになるほど高揚感が生まれている。

続きを聞きたいのに、星弥は「見えた」と道の先を指さした。

「あの建物ってなにかわかる？」

前方に、小さなグレーの古い建物が見える。洋館のようなその建物は、星弥と一緒に通った図書館だ。このときの私はまだ答えを知らない。

「別荘？　それよりもさ、さっきのこと——」

「すべての答えはあそこにある」

まっすぐ指さす彼の前髪が、風のメロディでダンスをしている。

そう、あの日、絶対に忘れないと誓った美しい横顔。当時の感動が、もう一度胸に生まれている。

もう少し見ていたいのに、星弥はさっさと建物へ足を進ませる。

「ここは、図書館なんだ」

「え、そうなの？」

驚く私に、扉の前で星弥は顔だけふり向いた。

「月穂に見せたいものがあるんだ。じゃあ入ろうか」

重厚な扉は、気軽に入れる雰囲気とは程遠かった。張り紙のひとつもないので、看板がなかったら図書館だとは思わないだろう。

なかに入ってさらに驚く。昼間だというのに薄暗いのだ。照明はオレンジ色のものがいくつか点在している程度で、とても本を読む環境に適しているとは言えない。狭い空間に棚が並んでいて、奥にある階段の上には読書スペースが広がっているのが見えた。

また夢であることを忘れかけていた。あまりの懐かしさに、まるで当時の自分と同化してしまっている。

でも、この夢の世界にまだいたい。

そばにいることが当たり前だったから、いなくなるなんて想像もしていなかった。

もっと、彼との一瞬一瞬をかみしめればよかった。

星弥は器用に棚の間をすり抜けると、誰かに「こんにちは」と声をかけた。

いちばん奥の棚に背の高い男性が立っていた。肩下までの髪をひとつに結び、こげ茶色のスーツを着ている男性が、星弥を認めて柔和にほほ笑む。

「こんにちは。ひょっとして学校をサボったのですか？」

「やめてくださいよ。今日は始業式です」

「なるほど」とうなずいた男性が私に気づき目を細めた。

「いらっしゃい」

まるでホストみたい、というのが第一印象だった。頭を軽く下げた男性の髪は、薄暗い照明の下では薄茶色に見えた。年齢は、まだ二十代だろうか。

「あ……お邪魔します。白山です」

ぺこりと頭を下げた。

「長谷川です。この小さな図書館の館長をしています。といっても、職員は私ひとりですが」

「樹さん、月穂は俺のクラスメイトなんだ」

星弥の紹介に、私はもう一度頭を下げた。

館長さんは穏やかにうなずいたあと、

「彼、変わっているでしょう？」

いたずらっぽい口調で尋ねてきた。見た目がキマっているだけに、意外な一面を見た気になる。

「変わってますね」

「あの、本人がここにいるんですけど～」

なんて、星弥がツッコミを入れてきた。

「星弥君は、この近くにある高校を受験するそうです」

「はい、さっき聞きました」

私も受験します、と宣言したかったけれど、まずはお母さんに相談しないと。そもそもどんな高校かもよく知らないし。

わかってる。どんな高校だったとしても、私は志願するんだろうな……。

「この図書館にいつでも通えるようにするために受験するそうですよ」

「え？」

そんな理由で？　驚くが、星弥はまんざらでもない表情だ。

「だから樹さんに言ってるんだよ。もっとここをはやらせてくれ、って。合格したはいいけど、潰れちゃったなんて悲劇でしかないし」

「大丈夫ですよ」

「いや、全然大丈夫じゃないよ。そもそもお客さん見たことないし」

ふたりはよくこういう話をしているらしい。年齢差はひと回りくらいと思うけれど、ふたりの雰囲気はとても合っている。

クラスでは落ち着いたイメージの星弥が、ニコニコと笑いはしゃいでいる。好きな人が好きなものは、私も好きになる。この場所も樹さんのことも、私はもう好きになっていた。

「月穂も、〝樹さん〟って呼べばいいよ。この人、〝館長さん〟とか〝長谷川さん〟って呼ばれるの苦手だから」

星弥がそう言うと、館長さん……樹さんはにっこりと笑みを浮かべて一礼した。

「そう呼んでもらえると幸いです」

「で、あの本は？」

「いつもの棚で待っていますよ。ごゆっくりどうぞ」

一礼して去っていく樹さんに頭を下げようとする前に、星弥に腕を引っ張られた。

「月穂、こっちこっち」

さっさと棚の間をすり抜けていく星弥に慌ててついていく。まるで子供みたいに無邪気な星弥。意外な一面を見た気がした。

ひとつの棚の前で立ち止まると、星弥はいちばん大きくて分厚い本を取り出した。表紙に宇宙のイラストが大きく描かれている。CGとかじゃなく、絵本のようなクレヨンタッチのイラストだった。それが逆に宇宙の不思議さを表現しているみたい。

ちょうど星弥の指がかかっていてタイトルがよく見えない。

にしても、この薄暗い照明で本を読むのだろうか？

あの日も同じこと、疑問に思ったんだっけ。オレンジ色に満たされた空間で、星弥は言ってくれたよね。

「二階に読書スペースがあるんだ」

そうだった。こんなに忠実に再体験できるなら、ずっと夢の世界にいたいな。

「こっちだよ。ほら、手」

星弥は本を持っていない手を差し出してくれた。

「え？」

このあとの展開を私は知っている。戸惑う私に『危ないから』と、星弥はしばらく手を差し出していたけれど、すぐに手を下げ、ひとりで歩いていったっけ……。夜になってもなっても、なんであのときに手をつながなかったのか後悔したことを思い出す。

どうか手をつないで。体に必死で指令を出す。せめて夢のなかだけでも手をつなぎたい。

「危ないから」

そう言う彼の手を、私はつかんでいた。焦りすぎたせいか、手をつなぐというよりは握りしめるに近い強さになってしまった。

「うわ」

星弥の驚く声にパッと手を離すと、改めて軽く握り直してくれた。

……手をつなぐことができた。

二階へつながる階段をのぼりながら、永遠にこの階段が続けばいいのにと思った。

この夢のなかではがんばれば、自分の意思が効くのかもしれない。

だとしたら、星弥に伝えたいことがたくさんあるよ。

けれど、二階に着くと星弥はあっさりと手を離し、いくつか並んでいる四人掛けテーブルに座った。離れた手の温度は、すぐに下がってしまう。

向かい側に座ろうとする私に首を振り、

「こっちのほうがよく見えるから」

と、隣の席を勧めてきた。言われた通り座る。

まだ胸がドキドキしている。これはあの日と同じ？　それ以上？

願うのは、このまま夢が続いてほしいということ。

夢のなかの私は館内を見渡す。天井にあるいくつもの照明はオレンジ色。図書館というより、博物館みたい。エジプト展覧会に行ったときもこんな薄暗い照明だったっけ。それはそれで雰囲気があったけれど、図書館向きとは言い難い。

私の言いたいことがわかったのか、星弥はテーブルについているスイッチを入れた。とたんに真っ白な光が机全体に広がった。机を縁取るようにLEDが設置されているみたい。真上から一本の電球が垂れさがっており、同時に点灯する仕組みのようだ。

星弥の顔が白い光に照らされ、幻想的に見えた。恋人みたいに隣同士で座っていることが急に恥ずかしくなる。

一度は体験した出来事なのに、はじめてのことに思える。

「月穂の顔、ライトのせいで真っ白に見える」

「星弥だって真っ白だよ」

普通っぽく言い返しているけれど、冷や汗が流れそうなほど緊張している。星弥は無邪気に声にして笑った。

「すごく光っていてキレイだなあ」

目を細めて私を見つめる星弥に、息が苦しくなる。ごまかすように私は言ったんだ。

「星弥の顔は体調不良っぽく見える」

そう言ったあと、「あ！」と大声で叫んでいた。

「図書館ではお静かに」

人差し指を口に当てた星弥に、ハッと口を閉じた。

これは過去にはなかったシーン。今……自分の反応が言葉になって出ていた。

「あのね、星弥……」

間違いない。過去の出来事を辿るだけじゃなく、思ったことを口にできるタイミングもあるんだ。

——星弥は病気が進行し、亡くなった。

はじめてふたりで図書館に来た日、私たちはまだそのことを知らなかった。この先に待っている〝永遠の別れ〟を知らずに笑い合っていたんだ。

今、私が星弥に病気のことを伝えたとしたら……？　せめて、夢のなかの星弥を失わずに済むかもしれない。星弥とやり遂げられなかったいろんなことができるのかもしれない。

そう考えると、さっき手をつないだことも同じだ。この夢が、私の後悔を消すためのものだとしたら……。

「あの……ね、星弥。体調が……」

さっきより言葉がうまく出てこない。それでもなんとか伝えなくちゃ。

『早めに発見できていれば』って、呪文のように誰もが言っていた。その時期はきっと今なんだ。

「月穂、体調が悪いの？」

「ちが……」

なんで？　どんどん口がうまく動かなくなっている。伝えなくちゃいけないのに。

お願いだから動いてよ。

「星弥……、体調よくないんじゃ、ないの？」

――言えた！

「え、俺そんなこと言った？」

目を丸くしてから、彼は「まあ」と肩をすくめた。

「最近、背中のあたりが痛くってさ。筋肉痛とは違う感じでさ」

間違いない。これは夢のなかだけの新しい展開だ。

「びょ……へ」

病院受診を勧めたいのに、もう言葉がうまく出てくれない。まるで誰かが呪いをかけたかのように、口は閉じてしまっていた。

なにもなかったように星弥は鼻歌をうたいながら、白い照明のなか本を開いた。

まるで夢のような光景……ううん、夢のなかなんだ。なのに、古い本のにおいまでリアルに感じている。

どんなにがんばっても口は動いてくれない。

どうすれば彼に伝わるのだろう。

どうすれば病院へ行ってくれるのだろう。

見開いたページには丸い円形のなかに星座が描かれていた。夜空に色とりどりの星座が光っている。星には詳しくない私にはあまり違いがわからない。

「二年後の七夕のあたりにさ――」

やさしい声で星弥が言った。

「流星群がこの町にやってくる。といっても流星群は毎月のようにいろんな場所で観測されているけれど、これは桁が違う。いわば、大流星群ってレベル」

「流星群？」

尋ねる私に彼はやさしくうなずいてから、斜め上あたりに目をやった。

「彗星《すいせい》が放つチリの粒がまとめて大気に飛び込んでくるんだ。チリが大気にぶつかると高温になって、光を放ちながら気化する。その光の束を流星群って呼ぶんだよ」

彼は人差し指で弧を描く。天井の照明がまるで星のように見えた。

「地球が彗星の軌道を横切る日時は毎年決まっているんだけど、二年後にかなり近くで見られるんだ」

星弥の説明は難しくてよくわからなかったけれど、うれしそうに話す姿に私までうれしくなる。

「楽しみだね」

あの日と同じ言葉を伝えると、彼は体ごと私に向いて大きくうなずいた。

「流星群といっても、実際は流れ星みたいなのがちらほら見える程度なんだけど、この本によると、このあたりだけは違うんだって。空から月が消え、星がふり注ぐようにまぶしくてキレイなんだって。天文台に行けば、きっとキレイに見られると思う」

星弥が言うなら全部本当のことのような気がした。

「うん」

「だから一緒に見ようよ」

「うん」

「君が好きなんだ」

突然の告白に息を呑む。ああ、そうだったと思い出した。ヒソヒソ話のような告白さえ、記憶の底に封印していたんだ。

あの頃と同じように言葉が出てこなくてうなずくだけの私に、星弥はクスクス笑った。

「それってOKってことでいいのかな？」

「……うん」

本当は『私も好き』って言いたかった。なのに、がんばっても口が動いてくれない。好き。あなたが好きだったんだよ。

星弥がいなくなったあと、ずっと後悔していること。それは、一度も好きだって伝えられなかったこと。

よく見るようなアニメでは最後、ちゃんと気持ちを伝えられてハッピーエンド。エンドロールを幸せな気持ちで見られるけれど、現実は違った。

突然の上映中止で、物語はバッドエンド。エンドロールすら流れず、ひとり締め出された感じ。

せめて……夢のなかでだけでも気持ちを伝えたい。

「よかった」

ホッとしたように笑ったあと、星弥は言う。

「月穂と一緒に流星群を見たいな」

うれしいけど、そんな日は来ないんだよ。

あなたと同じ高校に通う夢さえ、結局は実現しなかった。

ああ、どうか神様、星弥に本当のことを伝えたい。彼がいなくならないように、過去を変えたい。

そのためならなんだってやるから。

星弥のいない現実世界は、まるで太陽が消えてしまったみたいに暗い。

月は太陽の光がないと、輝くことはできないの。

「私も見たい」

まだ悲劇を知らない私がうれしそうに答えている。

そうして彼はこう言うの。

「流星群は、奇跡を運んでくるんだよ」

その瞬間だった。好き、という気持ちが胸いっぱいに広がるのを感じた。体の奥底から湧《わ》きあがる感情が懐かしくて泣きたくなる。

私たちはあの日、あのとき、たしかに奇跡を信じたんだ。

【第二章】カウントダウンが聞こえる

目を開けると同時に涙が頬を伝っていった。ゆがむ視界の先に星弥はいなくて、薄暗い天井が無表情にあるだけ。

ゆっくり体を起こし、夢だったと理解する。夢のなかでは〝これは夢〟だとわかるのに、目覚めたときはどちらにいるのかわからなくなることはたまにあった。

ベッドから起きあがりカーテンをめくると、まだ窓の外は夜色に沈んでいる。

時計を見ると、午前三時を過ぎたところだった。雨の音がかすかに聞こえている。

「夢だったんだ……」

あっちが現実で、今が夢ならよかったのに。

トイレのあと、冷蔵庫からお茶を取り出し飲んだ。冷たいお茶が、胃に落ちるのを感じながら、また泣きたくなった。

久しぶりに星弥の夢を見た。これまでもたまに見ることはあったけれど、どれも短い夢ばかり。

それにしても、不思議な夢だった。

中学二年生のときの会話にはじまり、三年生で連れていってもらった図書館のことまで。こんなに長い夢を見たのははじめてだし、とにかくリアルだった。

『君が好きなんだ』

今も耳に残る星弥のやわらかい告白。あの日の私は、幸せな日々がずっと続くと信じた。ふたりで流星群を見られると信じて疑わなかった。

――でも、もういない。

「星弥」

声に出してつぶやけば、やっぱり涙があふれてくる。

一年前に星弥が亡くなってから、また片想いに戻っている。一度近くなったふたりだからこそ、心に染みついて消えてくれない。

誰かに心のなかを話せば、少しはラクになるのかな。でも、親だけじゃなく、空翔や麻衣にも話せないまま時間だけが過ぎている。だって、言われたほうも困るだろうし、話すことでもっと忘れられなくなるのも悲しい。

抜け殻のような毎日がずっと続いている。早くこの命が尽き、星弥に会いに行きたい。余生のような感覚なのかもしれない。

「どうしたの？」

突然話しかけられ、体が跳ねた。グラスのなかのお茶が波打つ。

お母さんがリビングの入口に立って眉をひそめている。

「別に……なんでもないよ」

いつもみたいに明るくしなくちゃいけないのに、ぶっきらぼうに答えてしまった。

「なかなか戻ってこないから、ソファで寝てるのかと……。え、泣いてるの？」

近寄ってくるお母さんに、思わず「やめて」と声にしていた。

「なんでもないって」

「でも――」

「放っといてよ」

こんなこと言いたいわけじゃないのに。どうして気づかってくれる人をもっと心配させたり、傷つけたりしてしまうのだろう。

「ごめんなさい」

ゆるゆると首を横に振ったお母さんから視線を逸らす。ちゃんと、もうひとりの自分を演じなくちゃ。そうしないと、みんなに心配をかけてしまうから。

「なんかヘンな夢見ちゃって……ごめんね。もう大丈夫だから」

にっこり笑うと、お母さんはホッとした顔をした。そう、これでいいんだ……。

「じゃあおやすみなさい」

リビングから出ていくお母さんを見ることもできず、ソファに腰をおろした。

キッチンのたよりない照明に、テレビや窓の輪郭が浮かびあがっている。星弥がいなくなってから、世界は無機質に変わった。

なにを見ても聞いても、心は動かない。うまく一日をやり過ごすだけの日々。

「でも……」

さっきの夢のなかでは、生々しい世界を感じることができた。夢だとわかっていても、普通は好き勝手に行動はできない。できるとしても無理やり夢を終わらせて起きることくらいなのに。

ひょっとしたら、あの夢のなかで星弥の死を止めることができれば……。

そこまで考えて、ようやく我に返った。

夢を変えれば現実も変わる？　そんなことありえないし。

少し冷静になった頭で、壁のカレンダーを見る。

星弥は、去年の七夕の日に私を置いていなくなってしまった。もうすぐ、あれから一年が経とうとしている。

きっとあの日、私の心も一緒に死んじゃったんだね。

登下校の時間だけ、バスの便は多い。それ以外は一時間に一本あるかないか、という程度。新緑や紅葉シーズンには観光客向けに増台されるけれど、今は梅雨時期だ。

あのあとなかなか眠りにつくことができなかったせいで、起きたら朝の九時を過ぎていた。

夢はそのあと、見なかった。ぼんやりする頭でリビングに行くと、お母さんはパートに出かけたあとらしく、誰の姿もなかった。少し、ホッとした。

このまま休もう、と思ったのもつかの間、期末テストの存在を思い出した。四時間目にある数学の担当教諭は厳しく、出席日数次第では期末テストを受けさせないと言っているらしい。直接聞いたわけじゃなく、クラス委員の松本《まつもと》さんが教えてくれた。

重い気持ちを引きずり、制服に着替え駅前へ。おそらく三時間目には間に合うだろう。

バスのなかは閑散としていて、もちろん制服姿なのは私だけだった。

窓の外は雨模様。ガラスに引っついた雨粒が流れ、つながり、くだけていく。

ふいに樹さんの顔が浮かんだ。お母さんに聞いたせいでもあるし、夢で話をしたせいでもあるだろう。もうずいぶんと会っていない。星弥が入院してから、図書館にひとりで行ったのは数回だけ。結局、星弥の病気のことも亡くなったことも伝えられていない。

樹さんは星弥の死を、おばさん伝いで知ったのだろうか。それとも、お母さんから？　あれほどお世話になったのに、それすらも知らないなんてひどいよね。

でも、一年も経ってから顔を出したところで、樹さんはいい気はしないだろう。星弥の彼女だった私のことなんて、もう忘れているだろうし……。

自分勝手な言い訳を並べるのはいつものこと。訪ねていく勇気なんて、どこを探しても見つからなかった。

顔を合わせたら星弥のことを話すことになる。そうしたら、またあの悲しみに襲われてしまう。それが怖くてたまらない。

バスをおり、坂道をゆっくりのぼっていく。

校門が見えたところで足が勝手に止まった。

あの日、私たちは同じ高校へ通うことを目指した。バスに一緒に乗り、この坂道を歩く姿を何度も想像した。

けれど、そんな日はこなかった。

病に伏せた星弥は、一度もこの高校に来ることはなかった。合格したのに通えなかった星弥は、どんな気持ちだったのだろう。私だけこの高校に通っているだなんて不自然な気がした。

雨が責めるようにカサをたたく。

ここにいてもいいの？ 高校を変われば、苦しみから解放されるの？ だとしたら町ごと変えないと無理だろう。あまりにも彼との思い出があふれているこの町で、心から笑える日なんてきっとこないだろうから。

……今日は帰ろう。

ふり返ると、真っ白いカサをさした生徒が坂をのぼってくるのが見えた。相手も気づいたようで、カサを上にあげ私を見た。それは、空翔だった。

「え、マジ？　月穂も遅刻なんだ？」

うれしそうに軽々と坂道をのぼってくる空翔の足元で小さく水が跳ねている。

「空翔が遅刻なんて珍しいね」

「昨日の放課後、雨でコートが使えなかったから自主練してたんだ。そしたら、肩やっちゃってさ。整形外科で診てもらってきた」

「え、大丈夫なの？」

心配する私に、なぜか空翔が声にして笑った。

「昨日よりはマシになったっていうレベル。ていうか、月穂が俺の心配するなんて珍しい。そっちこそ、遅刻の連絡してないんだろ？」

「私はいいんだよ」

ぶすっとして歩きだすと、空翔は軽々横に並んだ。

「よくない。やっぱ月穂には元気になってほしいからさ」

「私は元気だよ？」

「元気なフリをしてるんだろ？　それで疲れちゃって、学校に来られなくなってる。いわば、悪循環ってやつ」

あいかわらず、空翔は考えをはっきりと口にする。しかも、たいてい当たっている。

「そういうところ変わらないね。いい意味で、だけど」

「褒められてるのか、それ」

おかしそうに笑う空翔。昔はこんなふうに軽い会話をしていたことを思い出した。

変わったのは……私のほうだ。

そこでふと気づく。

今、ふたりで登校してしまったら、麻衣はどう思うのだろう。私と空翔との関係を疑うのは目に見えている。

どうしよう、と思っているうちに昇降口まで来てしまった。のろのろと靴を履き替えていると空翔が廊下の先を指さした。

「保健室の先生に報告してから行くわ」

「あ、わかった」

「んだよ。なんかうれしそうじゃん」

ちょっとした感情の変化を見抜くのも、長年の間柄からか。

まさか麻衣のことを言うわけにもいかず、あいまいにほほ笑んでから奥へと進んだ。

ちょうどチャイムが鳴りだし、二時限目の終わりを告げている。いろんな教室からざわつく声が聞こえ、二階に着く頃には何人かの生徒が廊下に出ていた。

教室に入ると、何人かが私を確認して声をかけてくれた。

「大丈夫?」「具合、悪いの?」「顔色よさそうだね」

自然に笑みを顔に貼りつける私。

「大丈夫だよ」「今日は元気」「ノーメイクだけどね」

心配させないような答えを選べば、クラスメイトは自分たちの会話に戻っていく。

〝体の弱い白山月穂〟という設定は浸透しているようだ。

席につくと同時に麻衣がやってきた。

「おはよう。遅刻しちゃった」

「いいよ、そんなの全然いい。来てくれただけでうれしいから」

はにかむ麻衣が空いている前の席に腰をおろした。

麻衣はどうして私と仲良くしてくれているのだろう？　休みがちな私なのに、いつも待っててくれている。

「いつもありがとう。できるだけ、来るようにがんばるからね」

ぽろりと言葉がこぼれた。麻衣は驚いた顔になったが、それ以上に私自身が驚いている。学校で自分の気持ちを素直に言葉にしたのは、はじめてのことだったから。

「うれしい」と、かみしめるように言う麻衣に恥ずかしくなり、リュックから教科書を取り出すフリで逃げた。

まるでまだ夕べの夢のなかにいるみたい。星弥が生きていたときの自分を再体験したせいで、心のガードが緩くなってしまったのかも。

星弥の夢を見てしまったら、現実世界がもっと苦しく感じると思っていた。でも、実際は少しだけ気持ちが穏やかになっている。そんなこと、予想もしていなかった。

「空翔くんも遅刻みたいなんだよね」

麻衣が空翔の席を見てつぶやいた。普段なら適当にごまかすのに、私は「知ってる」と口にしていた。

「病院に行ってたんだって」

「あ、うん。先生が……」

「さっき校門のところで会ったよ。保健室に寄ってから来るって。ちなみに、本当に偶然会っただけだからね。正直に教えてるんだから信用して」

安心させるように言うと、麻衣は「うん」と大きくうなずいた。

「なんかね、恋をすると全部が疑わしく思えちゃって。そうだよね、ごまかさずに教えてくれてるんだよね。信じるよ」

最初から隠さずに言えばいい。なんだか、これまでまとっていた厚い上着を脱ぎ捨てたような気分だ。

昨日の夢が私に教えてくれたのかな……。

授業がはじまっても気持ちは穏やかなままだった。

クラス委員の松本さんは、厳しくて有名だ。いつも背筋をピンと伸ばし、髪はうしろでひとつにギュッと結んである。トレードマークの黒メガネをさわるのがくせで、笑顔はたぶん見たことがない。

一年生の頃からクラス委員を務め、この春からは生徒会でも副会長をしていると聞く。クラスメイトからは陰で〝理事長〟と呼ばれているが、本人は気にした様子もなく、生徒たちへ口やかましく注意をしている。つまり、典型的な優等生タイプだ。

そんな松本さんが、ホームルームが終わったと同時にまっすぐに私の席へやってきたのだから、恐れないわけがない。

「ちょっと話があるんだけど」

開口いちばんそう言った松本さんに、自然に息を止めていた。これまで、体調のことを聞かれることはあったけれど、直接注意されたことはなかった。

「あの……」

「時間とらせないから、生徒会室に来てくれる？」

トイレから戻った麻衣が慌てて飛んでくるのも待たず、松本さんはくるりと背を向け歩きだす。質問ではなく決定事項らしい。

「なんで？」

突然頭の上から声がふってきた。見あげると空翔がいた。松本さんの足が止まった。

「なんでわざわざ生徒会室？　話ならここでいいじゃん」

「そ、そうだよ」

小さな声で麻衣も言ってくれた。クラスメイトの何人かも「ひどい」「いじめじゃね？」と聞こえるようにささやいている。

ふり返った松本さんの視線がまっすぐに空翔を射貫いていた。

「日比谷君には関係のない話。村岡さんも同じ」

「でも、いつもは――」

唇を尖《とが》らせる空翔に、松本さんが一歩近づく。

「あなたたちにするような注意ならここでしてる。プライベートな話だから、場所を変えたいだけ」

言い返そうとする空翔を封じるように松本さんは続ける。

「私がしていることを〝いじめ〟と言うなら、陰で〝理事長〟って呼んでいることもそれに該当するんじゃない？」

視線を向けられた女子たちは、ぐうの音《ね》も出ない様子で口ごもっている。

「この高校は私立なの。少しでもよくしたいと思うからこそ、クラス委員も引き受けてるの。私がクラス委員であることが嫌なら、不信任案を出せばいいことでしょう？」

ついに松本さんの視線が私を捉えた。

「あなたがここにいる限り、状況は解決しない。早く来て」

立ちあがる私の腕を麻衣がつかんだ。

「大丈夫だよ」

軽くうなずきリュックを手にする。空翔は怒ったようにあさっての方向を向いていた。私は口の動きだけで、みんなに『ありがとう』と伝え、松本さんのあとを追った。

生徒会室に着くまで松本さんは一度もふり返らなかった。規則正しく揺れる結んだ髪を見つめてついていく。

なんの話だろう。さっきはああ言ったけれど、休みがちなことや遅刻のことなんだろうな……。

幸せな夢の効果も薄れ、重い気持ちがお腹のなかで生まれている。

生徒会室のドアを開けた松本さんが「入って」と短く言った。

はじめて入る生徒会室は黒色のソファと、書庫、デスクがあるだけの簡素な部屋だった。ソファの片方に座った松本さんに促され、正面へ腰をおろした。

背筋をピンと伸ばしたまま、松本さんはじっと私を見てくる。視線に耐えられず膝に目線を落とした。しばらくして、松本さんが軽くため息をつく音が耳に届いた。

「理事長かぁ」

自嘲《じちょう》するような言いかたに顔をあげても、松本さんはやっぱり笑っていない。

「みんなに口うるさく注意してるから仕方ないんだけど、それって理事長というより生活指導の先生っぽいと思うんだけどな」

なにも言えずに固まっている私を見て、松本さんは「ほら」とメガネ越しの目を細めた。

「みんな私が話しかけるとそんな顔をする。『なにを言われるんだろう』って怯えて、ムカついて、隙あらば言い返してやろうって顔」

「私は……」

「わかってる。白山さんはムカついたりはしないよね。でも、私のこと怖いんでしょう？」

学校ではもうひとりの自分を演じなくちゃいけない。今も、首を横に振り『そんなことないよ』って言わなくちゃ。

なのに、松本さんにはすべてを見透かされているような気になってしまう。私が演じている薄っぺらいキャラなんて、簡単にはがされてしまいそうで反応ができない。

「人って複雑だよね」

そう言うと、松本さんは視線を落とした。

「さっき、プライベートな話、って言ったでしょう。少し、世間話につき合ってほしいの。十分だけ時間をくれる？」

ため息交じりに尋ねる松本さんに、気圧《けお》されるようにうなずいた。

「うちの両親ってさ、ふたりとも高校の教師をしているの。しかも物理と数学の担当。昔から理論的に答えを求めるような教育方針なんだよね」

松本さんはメガネを人差し指であげた。

「私や兄にも厳しくて、将来教師になるのが当然、という感じ。言われるがままに高校も進学校を受験したんだけど、ダメだった。不合格だったショックよりも、親の怒号《どごう》が頭から離れない。それくらいひどく叱られたんだよね」

「そう、なの……？」

やっと声にできた私に、松本さんは小さくうなずいた。

「だから、クラス委員になることも生徒会へ立候補するのも、親にとっては当たり前のことなの。『いい大学に推薦されるように』『内申点を高くするように』って、家ではその話題ばかり」

こんな話なのに、松本さんの表情はこれまで見たどれよりも穏やかに見えた。

「兄はひとつ年上なんだけど、去年かな……親にすごい反抗しちゃって、せっかく進学校に入ったのに〝大学は行かない宣言〟したの。親がなにを言っても全然ダメ。親とも私とも必要最低限の会話しかしなくなったんだ」

「………」

「ずるいよね、自分だけさっさと離脱するなんて。私はどうなるの!?って感じ」

もう松本さんはほほ笑んでいた。はじめて見る笑顔に、頭のなかがひどく混乱している。

「あ、あの……」

「わかってる。こんな話されても困るよね」

なにか言わなくちゃ、と思うほど言葉が出てこなかった。

「苦しみを抱えて生きている人は、もうひとりの自分を必死で演じている。そうしないと、本当の自分がこわれてしまうから」

こわれる、という言葉にチクリと胸が痛んだ。それはジワジワと広がり、息を苦しくさせていく。

「うちの兄もそうだったんだと思う。親の期待に応えるべくがんばり続けた結果、本当の自分とのギャップに気づいた。で、爆発。親は私への期待を再燃させ、今じゃ毎日学校であったことを報告させられてる。私の爆発のカウントダウンがはじまってることも、気づいてないんだろうね」

松本さんは口角をあげたまま、まっすぐに私を見た。

「白山さんがそうだとは言わないけれど、もしもそうなら、誰かに話をしてみたらどうかな。もちろん、苦手な私にじゃなく友達と呼べる人に」

「……うん」

必死に絞り出した言葉は、たったふた文字だけ。

「あの頃の兄にすごく似てる、そう思ったの。違ったらごめんなさい」

首を横に振り、そして縦に振った。やっぱりどんな反応が正しいのかわからない。

「話は以上。ありがとう」

立ちあがった松本さんの顔から笑みは消えていた。最後までなにも言えず、廊下に出た私の前でドアは閉じられた。

頭のなかで、言われたことを何度も反芻《はんすう》する。松本さんは家庭の事情を私に話したかったんじゃない。私の隠している部分を見抜いている、と言いたかったんだ。

空翔だけじゃなく、松本さんにまで見抜かれているなんて思ってもいなかった。

誰かに話をすれば……そんなことできるわけがない。悲しい記憶は、話した人にも伝染してしまうから。

それに、私が自分を保てているのは、自分のなかだけにとどめているからだ。もし話せば、とたんに私はこわれてしまうだろう。

カウントダウンのタイマー音が、聞こえた気がした。

校門を出ると坂をおり、普段はバス停のある左の道へ向かう。

けれど、今日はそのまま右の道を選んだ。

整備された道の左奥に小さな図書館が見えてくる。雨に濡れているせいか、最後に見た記憶よりもさみしげに建っている。

もう閉館時間は過ぎているから誰もいないはず。そう思っていたのに、入口には【開館中】の札が出ていた。

「ああ」

思わずこぼれた声に、また胸が痛くなる。

私はどうして来てしまったのだろう。昨日の夢と松本さんの言葉に導かれたなんて、どうかしている。

けれど意思とは反対に、扉を引いてなかに入っていた。

館内は以前に比べずいぶん明るくなっていた。薄暗いなか、夜の森のように並んでいた本棚も、今は白いＬＥＤに照らされてその姿を誇示している。吹き抜けの二階部分もひとつひとつの机がはっきり見えるほどに。

「こんにちは」

本棚の間から顔を出した樹さんが私に言った。頭を下げるより前に、樹さんは「お久しぶりですね」と続けた。

「覚えてくださっていたんですか？」

驚くとともに、無理して明るく演じていることに違和感を覚えた。

「もちろんですよ」

樹さんは、明るい照明の下でほほ笑んでから顔をしかめた。

「ここ、ずいぶん明るくなったでしょう？　市からの指導で照明を変えさせられたんですよ。あの雰囲気だからよかったのに嫌になりますよ」

あいかわらず長い髪は、照明の下でシルバーに染めていることがわかった。まるで海外ドラマに出てきそう。

「なんだか別の場所に来たみたいです」

「私も毎日そう思っています。でも、来館者はたしかに増えてはいますけどね……。月穂さんが最後に来たのは一年ほど前ですね」

「……はい」

覚えていてくれたなんてうれしくて、悲しい。話題はきっと星弥のことになる。

「あの」と言いかけた私に、樹さんはなぜか首を横に振った。無理しなくていい、と言っているように思えて口をつぐんだ。

「お元気でしたか？」

「はい。……いえ、そこまでじゃないです」

本心がぽろり。これも夢の影響なのかな……。

樹さんは「ん」と短く言ってから宙を見あげた。少しの時間の沈黙の向こうで雨の音が聞こえている。やがて、樹さんは静かに息を吐いた。

「昔から思っていることがあるんです。幸せの数と不幸せの数は、人によって違う、と」

樹さんは肩をすくめてから続ける。

「人は、不幸のどん底にいる人をなぐさめたくて、『ここからはのぼるだけ』とか『雨の日は続かない』と言いがちです。でも、どん底よりもさらに深い底があるかもしれないし、雨のあと台風が来ることだってあると思うんです。幸せな人生を最後まで送る人もいるし、不幸せなまま逝《い》く人もいる。それが人間だと思っています」

お腹のなかから熱いものが込みあがってくる。

星弥が亡くなったあと、誰もが私をなぐさめてくれた。やさしさを感じながらも、心のなかでは傷ついていた。真っ暗い穴に落ちていく感覚。底なんてどこにも見えない。窒息するほどの苦しみは、ほかの誰にもわからない。そう思っていた。

「きっと励ましてくれている、ってわかってはいるんですけどね」

悲しく笑みを作る樹さんに小さくうなずく。

「悲しみに暮れている人に……どんな言葉をかければいいのですか？」

やさしい人たちに冷たくすることしかできなかった。今も、まだ続いている。

樹さんは私の足元あたりに視線を向けた。

「一緒に暗闇に落ちよう。あなたがのぼる気になったら一緒にのぼろう。一緒に悲しんで傷つこう。雨の日には一緒に濡れよう。私なら、そう言います」

誰もが悲しみを乗り越え、毎日を生きていく。だけど、私にはそんな日は訪れないと思っている。どんなに体験談を語られても、共鳴なんてできなかった。

でも、樹さんの言葉は胸にじんわりとあたたかく染み渡っていく。

「流星群がもうすぐ来ますね」

急に、世間話のような口調になった樹さんが奥の本棚を指さした。

「読んでおられた本はまだ同じ場所にあります。今年の流星群について詳しく書いてありますから」

私はいつも星座の図が大きく書いてあるページばかり見ていた。そんな私に、星弥はいろんな星の話をしてくれた。

やっぱりまだ思い出話をするには傷が痛い。痛くてたまらない。星弥の名前が出ないうちに帰りたい。

「バスが来るので、今日は帰ります」

あとずさりをしていることに気づき、ギュッと踏ん張った。

「いつでもお待ちしております」

にこやかに樹さんが言ってくれたからホッとする。

ドアの前でふり向き、見送りに来てくれた樹さんに勇気を振り絞った。

「流星群は……奇跡を運んでくるんですか？」

あの日、星弥は私にそう言った。悲しみのなかずっと忘れていたけれど、今はそれが希望の星のように思えている。

人差し指を口元に当てると樹さんは言った。

「信じる人にだけしか、奇跡は訪れません」

と。

私にはまだ無理、と言われているようで、悲しくなった。

図書館を出ると、雨は本ぶりになっていた。

今年ほど梅雨らしい天気が続いている年はないかもしれない。次のバスには余裕で間に合うだろう。

カサを広げようとしたそのとき、うしろでドアが開いた。樹さんが帰るのかと思いふり返ると、空翔が立っていたから驚く。

「え……。いたんだ？」

私の問いに空翔はカサを取りに行くと、

「お前こそなんでここにいるわけ」

あきれた顔をしている。

「別に……」

「そ」とひと文字で答えると、雨のなかへ歩きだす空翔。慌てて私も横に並ぶ。

「ここによく来るの？」

「いんや。今日は雨だし、部活もないから久しぶりに来ただけ。肩の痛みについてネットで調べてもしっくりくるのがなくってさ」

「そうなんだ。痛いの？」

「そこそこ。てか、月穂こそ理事長の説教、終わったんだ？」

ぬかるみを踏まないよう歩きながら「違う」と言った。

「理事長じゃなくて松本さんだから。それに説教じゃなかった」

「じゃあ、なんの話だったわけ？」

横顔の空翔はつまらなさそうに唇を尖らせている。機嫌が悪いときに彼がよくする仕草だ。

「別に……ただの世間話だよ」

「生徒会室へ呼び出して普通の話？　ありえないだろ、そんなの」

「でも、本当のことだから」

カサに打ちつける雨の音がやけに強い。バス停に着く頃には肩や足元がひどく濡れてしまっていた。バスを待つ間も空翔は不機嫌そうだった。

「なあ、なんで？」

目線は雨に向けたまま尋ねる空翔。

どうしようか、と迷いながら「あのね」と声を明るくした。

「本当になんでもなかったの。むしろ、松本さんのことを知ることができて――」

「違う」話の途中で空翔は強い口調で言った。

「なんで図書館に行ったんだよ」

意味がわからずに見つめると、空翔は避けるように顔を背けた。

「俺は早く月穂に元気になってもらいたい。なのに、どうして図書館なんかに行くんだよ」

「なにそれ……」

そう言ったとき、まだ私は笑えていたと思う。けれど、空翔は深く息を吐いてから私をにらむように見た。

「立ち直ってほしいのに、思い出の世界に逃げるなよ」

「立ち直るって……なに？　それって、星弥のことを忘れるってこと？」

なんでそんなことを言われなくちゃいけないの？

忘れたくても忘れられない私の気持ちなんて、なんにも知らないくせに。

「忘れたフリしてんのはそっちだろ。俺が言いたいのは、過去に囚《とら》われているのはよくないってこと」

「そんなの、空翔に決められたくない」

「そうかよ」

バスが雨の向こうから姿を現した。ドアが開くとさっさと空翔はバスに乗り込み、前のひとり席にドカッと腰をおろした。

なんで空翔がそんなに怒るのよ。

もう話をする気にもなれず、いちばんうしろの座席を選んだ。

ケンカになり嫌な感じ。空翔が怒っている理由がいまだにわからなかった。

走りだしたバスの窓に激しく雨がぶつかってくる。

そうして、私はまた星弥のことを考える。

【夢②】

放課後の教室で、さっきから星弥と空翔が椅子に座り話し込んでいる。

私は宿題を片づけながら話が終わるのを待っているところ。

「マジでムカつくんだけど」

空翔は何回目かの〝ムカつく〟を口にした。

「まあ、そう言うなよ」

「だってさ、もうOBなのになんで口出ししてくるわけ？『練習がなってない』なんて言われたくねえし」

どうやら昨日の練習中にOBが来て怒られたそうだ。朝から空翔はその話ばかりしている。

星弥が私を見て顔をしかめた。『ごめん』って伝えたいのだろう。大丈夫だよ、とほほ笑んだと同時に気づく。

……ここは夢の世界だ。

ということは前回の夢の続きってこと？　見渡すと黒板に七月二日と白い文字で書かれてある。つき合いだしてもうすぐ三カ月になろうという時期。

この日、なにがあったんだっけ……？

「そんなことより、部長会議はじまっちゃうよ。早く行ったほうがいいだろ?」

諭すような口調の星弥に「んだよ」と空翔は不平を口にした。

「本当ならお前が部長になってたはずだろ? 俺様に押しつけておいてよく言うよ」

「すねんなよ。な?」

空翔の肩に手を回して星弥は言った。それでも空翔は唇を尖らせていたけれど、ひょいと立ちあがり、リュックを肩にかけた。

「わかったよ。行けばいいんだろ」

「うむ」

空翔は私のほうへ来ると、

「月穂の彼氏、ちょっと強引なんですけど」

とボヤいてから教室を出ていった。思わず笑ってしまう。

ああ、この頃はこんなふうに笑えていたんだな。同時に今日、空翔とケンカしたことを思い出した。

なんか、罪悪感。空翔は心配してくれていたのに、素直に受け止められなかった。空翔は私に、ちゃんと思い出にしてほしかったんだよね……。

時間差で理解することばかり。

「ごめんごめん、お待たせ」

星弥の声に我に返った。

「ううん。それより大丈夫なの？」

リュックに荷物をしまいながら尋ねると、星弥は肩をすくめた。

「それぞれの立場があるからさ。先輩だって外野からいろいろ言われてて大変なんだよ。OBの立場じゃないと見えないこともあるからさ。でも、けっこういい人なんだけどね。逆に、空翔は空翔でプレッシャーもあるだろうし」

どちらの味方もするやさしいところが好きだった。二年前に感じた想いを再確認している。

窓から空を見あげるあごのラインも好き。ポケットに手を入れて目を細めるのも好き。

心が満たされるような感覚を〝幸せ〟と呼ぶ。星弥が教えてくれたことなんだね。

「今日は〝夏の大三角形〟が見えるかも。〝春の大三角形〟は終わっちゃったけど」

星弥が指先で指揮者のように三角形を描いた。

「春の大三角形？　夏のとは違うの？」

夏の星座の三つを結んだ線を〝夏の大三角形〟と呼ぶ。先月、星弥が教えてくれたこと……って、これは夢の話だ。

私はこのあとの展開を覚えている。

「説明いたしましょう」

教壇の前に進み、星弥は教師よろしくゴホンと咳ばらいをした。そして、置いてあるチョークを手に取ると、黒板に大きく七つの星を描く。

「これが北斗七星」

「はい」

生徒みたいに答えるのがくすぐったい。

「大変よい返事です。この北斗七星から伸びる線を〝春の大曲線〟と言うんだ」

七番目の星から左へ弧を描くと、その中央と左端に星の絵を描いた。

「真んなかがうしかい座の持つアルクトゥールスという星。左端が、おとめ座の持つスピカという星だよ」

ふたつの星を直線で結んだあと、星弥は下方にもうひとつ星を描き三角形を作った。

「しし座の尾の先にあるデネボラと結べば、春の大三角形の完成」

下向きの大きな三角形が黒板に浮きあがって見えた。こうやって星弥に星の話を聞くのが楽しみだった。黒板はあっという間に星空に変わり、夜の空を想像させた。

晴れた日には、彼の部活が終わるのを待って、星を見ることもあったよね。それまで月にしか興味がなかった私に、星弥は新しい世界を教えてくれた。

「来年は、一緒に春の大三角形を見よう」

星弥の約束がうれしくて、大きくうなずく。

「星弥の〝星占い〟、またしてほしいな」

そう言う私に、星弥は黒板を消しながら「ブブー」と言った。

「〝星占い〟じゃなくて〝星読み〟だって」

「あ、そうだった」

「それに俺のはオリジナルだから」

「自分で作ったにしては、すごく当たってると思うけど」

たまに私の星座であるおひつじ座をもとにして彼は占いをしてくれた。

『今日は穏やかな気持ちでいればすべてうまくいくでしょう』

『友達に感謝の気持ちを伝えましょう』

『好きな人と図書館に行くとよいでしょう』

たまに親とケンカしたことを話すと『自分から謝るのがよいでしょう』なんて言われたこともある。

「じゃあさ」と星弥が私の机に腰をおろした。見おろす目がやさしい。

「月穂オリジナルの占いを考えようか」

「ええ、私の？　なにそれ？」

「そうだな……。〝月読み〟ってのはどう？　俺の星読みは、星だけじゃなく、月や惑星の位置や動きも考えるから大変だけど、月穂の占いは月の形から占うわけ。その人の星座と掛け合わせればいくつもの答えが出るよ」

うれしそうに笑う星弥に、

「ほんと、星弥は占いが好きなんだね」

と言うと、顔をしかめてしまった。

「違うよ、その逆」

「逆?」

「俺、昔から占いって苦手なんだよ。でも、星に詳しいだろ? そうすると、みんな星占いをしてもらいたがるんだよな。だからオリジナルで星読みを作ったわけ」

意外な告白に目を丸くしてしまう。

「てっきり好きなんだと思ってた」

「俺は、まだまだ謎に包まれているのです」

ニヤリと笑いながら「だってさ」と星弥は両腕を組んだ。

「テレビの占いとかって、たまに悪いことも言うじゃん? 朝からランキングづけなんてされたくないし、そもそもラッキーアイテムってなんなの?」

「ええぇ。自分だってやってるのに」

噴き出しそうになるのをこらえる。

「だから絶対に悪いことを言わないようにしてる。言霊《ことだま》ってのがあって、悪いことを言うと、その言葉に引っ張られてしまうこともあるみたいだし」

「悪いこと……」

「そう。だから俺の星読みでは、絶対にいいことばかりを言うようにしてるんだ」

自慢げに笑う星弥に、私は今どんな顔をしているのだろう？

星弥は病気で死んでしまう。その事実を、今になって思い出した。夢の世界では自分の意思がたまに途切れてしまう。

すぐに星弥に伝えなくちゃ、と顔をあげる。

「あの、星弥――」

口を開くと同時に、ぐにゃりと周りの景色がゆがんだ。あ、夢が終わるのかも。

待って、まだもう少しだけ。彼に病気のことを伝えるまで――。

声にならないまま世界はくるくる回りだし、視界は星のない夜のように暗くなる。

気づくと私は、木でできた椅子に座っていた。同じく木製のテーブルの上に置いた自分の手が見える。

家の椅子じゃない。ここは……星弥の家だ。

「はい、どうぞ」

ハッと顔をあげると星弥のお母さんがグラスを私の前に置くところだった。キッチンにある小さなテーブルに私はついていた。

――覚えている。二年前の七夕は、雨だった。

　ふたりで二年後の流星群を見るための下見をするはずだった。なのに天気予報通り、朝からずっと雨がふっていて断念せざるをえなかった。彼はどこに行ったのだろう？　中止が決まったあと、明日のテストの予習をここでする約束だったのに。

　リアルな夢は続いているのに、この場面は実際にはなかったこと。星弥はどこへ行ったのだろう……。

　私の気持ちを汲《く》むように、「ごめんなさいね」とおばさんは言った。

「あの子、思いついたら行動するクセがあるみたいで、学校から帰るなり飛び出していっちゃったの」

「あ、はい」

「すぐに戻ってくると思うけど、まだまだ子供っぽくて大変でしょう？」

　おばさんはやさしい。彼女である私にも、会うたびにやさしい言葉をくれる。この間町で会ったときだってそうだった。もっと上手に返事ができればよかったな……。

　グラスの氷がからんと鳴り、カルピスの水面が揺れた。

「子供っぽいというか、予測不能なところはありますよね」

冗談ぽく言うと、おばさんは「そうなのよ」と顔を近づけてくる。

「お風呂で鼻歌じゃなくて、本気で熱唱したりするのよ。注意したら『うまかった？』なんて聞いてくるし」

「そういうところありますね」

「メロンが苦手なのに、大好物はメロンパン。肉じゃがをリクエストするくせに、ジャガイモは食べない。肉じゃがっていったらジャガイモでしょうに」

容易に想像できて笑ってしまう。おばさんも口元に手を当てながらクスクス笑っている。おばさんとはよくこんな話をして盛りあがってたっけ……。

そこまで考えて気づく。今、私自分の意思で話ができている……。

「流星《りゅうせい》が……あ、あの子のお兄ちゃんが大学で東京に行ってから、ますます子供っぽくなっちゃって」

「男の子ふたりですもんね」

流星さんとは会ったことがないけれど、写真は何回か見せてもらったことがある。

ううん、お葬式の日に会ったっけ……。

「私も月穂ちゃんみたいな女の子がほしかったな」

ほう、と息を吐いたおばさんに、私は眉をひそめてみせた。

「うちの母は、『男の子がよかった』って言ってますけど」

「あら。ないものねだりなのかしら」

おばさんと話をしていると、心がやわらぐ。まるで家族のように接してくれるおばさんが好き。……好きだった。

これまでも昔の夢を見ることはあった。どれも現実にあったことと、そうでないことが混在しているような夢ばかり。

最近見る夢でも、現実と非現実が混在はしているけれど、ひとつだけたしかなのは『これは夢だ』と理解していること。夢のなかにいることを自覚するほどに、忘れていた小さな出来事までも脳裏によみがえっていくみたい。

記憶にフタをしたせいで、一気に思い出があふれ出ているのかもしれない。

「月穂ちゃんのおうちはどんなふうなの？」

おばさんの質問に「ああ」と夢のなかの私は勝手に口を開いていた。

「うちはいたって普通です。父も母も私以上におしゃべりだから、いつも誰かが話をしているんです」

「にぎやかそうね」

「にぎやかっていうより、騒音レベルかも」

そう言ってから気づく。昔は我先にとしゃべっていた家に、無音をもたらしたのは私だ。悲しみに打ちひしがれ、上っ面でしゃべるようになった。

カルピスを口に運べば、味まで感じられるから不思議。甘さが心の壁を溶かしていくみたい。

　現実世界の自分を客観視できたことを、目覚めてからも覚えていますように。

「ただいまー」

　ドアが開く音と同時に星弥の声がした。

「いやぁ、まいった。時間かかったかかった」

　エコバッグを下げてキッチンに入ってきた星弥が私を見つけてほほ笑む。

「おかえりなさい。彼女を待たせてひどい子ね」

おばさんが文句を言うと、星弥は私に向かってぱちんと両手を合わせた。

「ごめん。なんか、近くの100均になくってさ、探し回ったんだよ」

　過去にはやっぱりこんな出来事はなかったはず。

「なにか買ってきたの？」

　そう尋ねると、星弥は壁時計を見やった。

「それは俺の部屋でネタバラシってことで」

「あら」とおばさんが異を唱えた。

「私には内緒なわけ？」

「そうそう。ヒントは〝流星群は奇跡を運んでくる〟ってとこかな。月穂、行こう」

「うん。ごちそうさまでした」

おばさんに礼を言ったあと小声で「あとで報告します」と伝えた。

星弥の部屋に入るのはこれで五回目だ。

星弥の部屋はまるで小さな図書館。違うのは、絨毯《じゅうたん》に読みかけの本が散らばっていること。慌てて本を片付ける星弥を、絨毯に座って眺める。

ああ、この夢が覚めなければいいな……。

ローテーブルに向かい合う形で座る。

明日は英語のテスト。ふたりとも大の苦手科目だからがんばらないといけない。が、星弥はエコバッグから白い布の束を取り出してテーブルの上に置いた。

「これから、ふたりで共同作業をするんだよ」

「え、なに？」

「俺調べによるとさ、七夕は今日みたいに雨になることが多いんだってさ」

星弥は天井をうらめしそうに見あげた。

「あ、うん。今日は残念だったね」

「下見にはまた行けばいいけど、一年後の七夕に流星群が見られないのは困る」

そうか、思い出した……。

「だから」と言いかけた星弥に、私は「てるてるぼうず」と口にしていた。やっぱりこの夢は自分の思った通りに話せるみたい。

ニカッと花火が咲くように星弥は笑った。

「さすが月穂。俺の考えてること、わかってくれたんだ」

「ううん、なんとなくだよ」

思い出したから、とは言えず、布の束から一枚受け取った。

あの日、星弥は『二年後の七夕に向けて、ふたりでてるてるぼうずを作ろう』と提案してくれた。

「二年後の七夕に向けて、ふたりでてるてるぼうずを作ろう」

ほら、やっぱり。

「うん。いくつ作るの？」

「どうだろう。二年分だから七百個以上目標かな」

「それは無理でしょ。お店が開けちゃうレベルだし」

折り紙より少し大きなタオル生地に星弥が丸めたティッシュを詰め、首の部分を青い紐《ひも》でしばった。手のひらサイズのてるてるぼうずだ。最後にマジックで目を描くが、ゆがんでしまいおもしろい顔になっている。

ゲラゲラ笑い、それから私たちはしばらくてるてるぼうず作りに没頭した。

雨の音も聞こえないくらい、集中して何個も作っていく。

「うちの親、なんか言ってた？」

あぐらをかいた星弥が、てるてるぼうずに目をやったまま尋ねた。

「星弥はいつもにぎやかだって。お風呂で熱唱してるって言ってた」

「ひでぇ」

クスクス笑い、そしてまた黙る。

沈黙すらも愛しいと思える人。あの日もそう感じたんだ。

「月穂も親と仲いいじゃん」

「まあ、そうだね」

「なんだかんだいっても、家族っていいよな」

こんな会話をした記憶がなかった。この夢は過去をベースにしながらも少しずつ違っている。ひょっとしたら、運命が分岐《ぶんき》しているのかもしれない。

現実に起きたことと違う行動をすることで、運命が変わるとしたら……。

「ああ！」

思わず大きな声を出した私に、星弥はきょとんとしている。

「どうした？」

そういえば、さっきから自分の意思で話ができている。病気のことを星弥に伝えられたなら……運命を変えられるのかもしれない。

「……星弥？」

「ん？」

紐をハサミで切りながら星弥が答えた。

「今からヘンなこと言うけど、聞いてくれる？」

大丈夫、今日はちゃんと声になっている。いぶかしげに私を見たあと、星弥は「いいよ」と言った。

「前に、背中が痛いって言ってたよね？　病院には行ったの？」

「いんや。俺、病院苦手だからさー」

てるてるぼうずに目を描いた星弥が「できた」と私に見せてきた。うなずくこともできず、私は姿勢を正す。

言わなくちゃ、早く言わなくちゃ。

「すぐに病院へ行こう」

「へ？　病院って、今から？」

冗談と思っているのだろう、星弥はクスクス笑った。

「そう、今から。すぐに検査をしてもらって――」

「もう痛くないから大丈夫だよ」

「違う。大丈夫じゃない。大丈夫じゃ……」

あふれる涙が声を詰まらせ、うまく話せなくなる。

星弥が病院に行く時間を早めることができれば、未来は変わるかもしれない。

急に泣きだした私に、星弥は心配そうに首をかしげた。

「どうしたの？　月読みで、そういう占い結果が出たわけ？」

「違う。でも、お願いだから……」

「夢を見たとか？」

言葉にできずに首を横に振った。ここが夢の世界だと伝えたら、すべて終わってしまいそうで怖かった。

気づくと星弥が隣にいる。涙が止まらない私をギュッと抱きしめてくれた。ああ、星弥の体温がこんなにリアルに感じている。もう二度とないと思っていたからうれしくて悲しくて、もっと涙があふれてくる。

生きているうちにもっと彼を感じたかった。

でも、前はこんな展開にはならなかったはず。だとしたら。この夢にはやっぱり意味があるんだ。夢のなかでは未来を変えられる！

……泣いている場合じゃない。

急に立ちあがった私に、星弥は今度こそ目を丸くして驚いている。

そうだよ、この夢の世界で私にはやるべきことがある。

　──星弥を助けるんだ。

「今から病院へ行こう」

「え、今から？」

「まだ午後の診察は終わってないはず。かかりつけ医ってどこ？　そこで受診して、でもきっと精密検査は大きな病院だから紹介状をもらって──」

「落ち着けって」

　グイと引っ張られる手に、星弥を見おろす。同時に、周りの景色がゆがみだしているのがわかった。

　ああ、夢が終わりを告げている。夢が終わったなら、私は過去の自分に戻ってしまうのだろう。病院を勧めたことも忘れ、たくさんのてるてるぼうずを作って終わるんだ。

「私、今日は帰るね」

「……なんで？　俺、なんか怒らせた？」

　眉をひそめる星弥に「ううん」と目を見たまま答えた。

「ちょっと用事思い出しただけ。星弥は病院へ行って。お願いだから約束をして」

　星弥は納得できないような顔をしていたけど、ふっと肩の力を抜いてうなずいた。

「よくわからないけど、わかった」

「約束だよ。じゃあ、またね」

リュックを手に部屋を出た。急がないとどんどん景色がゆがんでいく。階段を駆けおり、リビングに続くドアを開けた。

「おばさん！」

キッチンに立つおばさんに声をかける。おばさんにも念のため、病院へ行くことを伝えなくちゃ。

が、おばさんは冷蔵庫の横に貼ってあるカレンダーをぼんやり眺めていた。そうしている間にも、冷蔵庫までゆがみだしている。

「おばさん、あの星弥を――」

星弥という言葉におばさんがハッと顔をあげてから私を見る。

「え……月穂、ちゃん？」

「おばさん、あのっ、今から星弥を病院へ――」

ダメだ、間に合わない。溶けていく景色に視界がどんどん暗くなっていく。

おばさんは私に近づくと、ゆるゆると首を振った。その表情も闇に呑み込まれていく。

「病院へ連れていってください」

言えた、と思ったのもつかの間、おばさんの表情が曇っていることに気づく。

ゆがんでいく景色のなか、おばさんはもう一度首を横に振った。

「月穂ちゃん、あのね……星弥はもう亡くなったのよ」

さみしげな声を最後に、夢は終わりを迎えた。

【第三章】小さな決心

濡れた制服をハンカチで拭きながら図書館に入ると、雨の音は聞こえなくなった。照明がまぶしくて思わず目を伏せてしまう。

貸出カウンターに座る樹さんが挨拶をしてきたので、頭を下げる。

「こんにちは」

「あ、こんにちは」

「雨ばかりですね」

樹さんはかけていたメガネを外すと、書棚をぐるりと見渡した。

「本に湿気は大敵ですから、この時期は除湿器を総動員させています」

「ああ、たしかにそうですね」

「今日は、学校は？」

「……このあと行きます」

ほう、とうなずいて樹さんは目の前にあるパソコン画面に視線を戻した。

今日ここに来たのは、樹さんに会うのが目的だった。なのに、いざ目の前にするとなにも言葉が出てこない。

でも、聞かなくちゃ……。

カタカタとキーボードを打つ音がする。

「前は平気だったのに、今ではメガネをかけないと文字がゆがんでしまって……。まるで文字のお化けみたいです」

「あ、あの……」

「照明が明るくなったせいだと思っているんですけど、言いがかりでしょうかね」

「あ、あの！」

思ったよりも大きな声が出てしまった。

「すみません」と謝りながら、勇気を振り絞りカウンターの前へ足を進ませた。

「今日は話を聞いてほしくて来ました」

「私に？」

樹さんは目を丸くしたあと、口角をあげてほほ笑んだ。

「私にわかることでしたらなんでも。まだほかのお客さんもいませんし」

誰かにあの夢の話を聞いてほしかった。麻衣に星弥のことは言っていないし、松本さんにも同じ。空翔に話せば、余計に心配させてしまうだろう。

「すぐに……」

本当は『すぐに戻ります』と言いたかったのに、言葉の途中で書棚の奥へ向かう。

星弥がよく読んでいた本を取り出した。ずっしりと重い本を両手に抱えカウンターに戻ると、紙コップにお茶が用意されていた。

「失礼します。あの……」

本を抱えたまま椅子に座る私に、

「皆川星弥くんの話、ですね」

樹さんは懐かしむように目を細めた。

「……はい」

自分から星弥の話をすれば、あの頃の悲しみに襲われまた自分を見失ってしまう。ずっとそう思っていた。

でも、あの夢の謎を解くために必要なら、恐れている場合じゃない。

カウンターに本を置いた。明るい照明の下では、宇宙空間のイラストもどこか違って見えた。

「星弥が教えてくれました。『流星群は、奇跡を運んでくるんだよ』って。樹さんも『信じる人にだけしか、奇跡は訪れません』って……。それって、過去の夢を見るってことなのですか？」

「夢？」

不思議そうに尋ねる樹さんに「あの」と視線を膝の上に置いた。

「こんな話、おかしいって思うんですけど……。夢を見るんです。星弥と最初に会話した日の夢にはじまって、今は二年前の夏頃の夢で……」

話すそばからヘンなことを口にしている自覚はあった。それでも誰かに聞いてもらいたかった。

「夢のなかで、私は今の私で、周りはみんなあの頃のまま。まるでビデオみたいに、昔のことを再体験しているんです。すごくリアルで、でも夢のなかで私は〝これは夢だ〟ってわかってて、だけど星弥は生きていて……」

涙がピントをぼやけさせ、あっという間に頬にこぼれていく。星弥がいなくなり泣き続けた。もう一生分の涙が出尽くしたと思っていた。

「でも」と鼻をすすり続ける。

「先週見た夢は違ったんです。自分の意思で会話もできたし、実際にはなかったことが起きたりしました。それにおばさんが……」

おばさんは最後、私に『星弥は亡くなった』と言った。それまで三人で話をしていたのに、どうしてあんなことを言ったのだろう。

ううん、目覚める直前だったから私が寝ぼけていたのかもしれない。

「とにかく不思議な夢なんです」

ハンカチで涙を拭い、樹さんを見る。が、その表情は私が期待していたものとは違った。

「不思議な夢、ですか」

困ったようにくり返す樹さんに、涙も勇気も一気にしぼんでしまった。

「夢を見るのが怖くなって……それから夢は見ていません」

ひと呼吸置いてから樹さんの顔をまじまじと見つめた。

「奇跡は、夢を見ることじゃないのですか？」

「どうでしょうか？」

質問を質問で返したあと、樹さんはほほ笑んだ。

「私が知っているのは、〝流星群は、奇跡を運んでくる〟ということと〝信じる人にだけしか、奇跡は訪れない〟という言葉だけです。全部、星弥くんが私に教えてくれたことなんです」

「星弥が……？」

樹さんが、本を指さした。

「ここに書いてあるそうです。でも、何度読んでも私には見つけられませんでした。だから受け売りの言葉なんです」

「……そうですか」

落胆する私に申し訳なさそうに樹さんは、紙コップを私の前に移動させた。

「宇宙にまつわる言い伝えはいろいろあります。〝流れ星に願い事を三回となえると叶う〟というのは有名ですよね？　国によっては〝流れ星は自分の死の予告〟という言い伝えもあるそうです」

「はい」

「詳しくないのは、きっと私が奇跡を信じていないからなのでしょうね。でも、月穂さんは違うのでしょう？」

ゆっくりうなずくと、樹さんは天井へ視点を向けた。

「だったら、ご自身で謎を解いてはいかがでしょうか？　きっと、見られている夢に意味はあると思います」

「そうしてみます」

知らずに息を止めていた。ようやく息をつき、お茶で唇を湿らせる。

星弥が信じたものを私も信じる。あの不思議な夢のなかで、星弥を助けられるならなんだってやる。

「貸出不可の本で、申し訳ないのですが……」

申し訳なさそうに樹さんが本を指さした。

「これから七夕の日まで入り浸りますから」

「テストは大丈夫ですか？」

「それは考えないようにしています」

やっと笑えた私に、樹さんは大きくうなずいてくれた。

終着駅である駅前でバスをおりた空翔は、あいかわらず不機嫌そうな顔で自転車置き場のほうへ歩きだした。

どうしようか、と一瞬迷ってから勇気を振り絞って追いながら声をかける。

「空翔、待って」

一瞬ビクッと体を震わせてから、

「んだよ」

と、うなるように空翔は言った。

「学校サボってなにやってたわけ？」

結局、あの日図書館に行ったあと学校には行かなかった。翌日からも、週の半分は図書館に通う生活が続いているし、今日だって同じ。あの本を最初のページから読んでいき、ノートにメモを取っている。今のところ、奇跡について書かれている箇所は見つけられていないけれど。

「あのさ、少しだけ話せる？」

「別にいいけど」

駐輪場の白壁にもたれた空翔に、すう、と息を吸ってから頭を下げる。

「いろいろ、ごめんなさい」

「なにそれ。おい、やめろよ」

自分のつま先を見つめたまま「ごめんさい」とくり返した。

「空翔は心配してくれてるのに、ひどいことを言ったから」

「別にいいって。てか、気持ち悪い」

「ひどい」と文句を言って顔をあげると、空翔は穏やかな目をしていた。

「まさか謝られるとは思わなかった。俺も、なんかわけのわかんないこと言っちゃったしさ。悪かった」

そんなことないよ、と首を横に振った。

私も壁を背に立った。ふたりして廊下に立たされているみたい。

「それを言うために、俺が帰るのを待ってたわけ？　雨、大丈夫だった？」

空翔はやっぱりやさしい。曇り空は、今日何度目かの雨を落としそう。薄暗くなりゆく町に、わずかなビル照明が滲んでいる。

「平気。思ってたよりも早いバスで帰ってきてくれたし」

そう言ったあと、大きく息を吐いた。ちゃんと言わなくちゃ……。

「空翔、前に言ったよね。『星弥のこと、なかったことにしてんのかよ』って」

「だって――」

「あのね」と言葉をかぶせた。

「実際、そうだと思う。まだ受け入れられないの。受け入れてしまったら、自分も終わってしまうって。こわれてしまうって思うから」

「………」

「一緒に高校に行くはずだった。なのに、ずっとひとりぼっち。どうしてだろう、って考えるのが怖いんだよ。学校では必死でもうひとりの自分を演じている。そんな自分が嫌で嫌で、だけどやめられない」

泣くかな、と思ったけれど最近泣きすぎているせいか、鼻がジンと痛いだけで視界はゆがまなかった。

「すげえな。やっと星弥のこと口にできたんだ」

感心したように空翔が言った。

「うん」

「俺、月穂が逃げてるみたいに思えてさ……。星弥のこと、口にはしないのに図書館には行くし、ひとりで思い出の世界にいる気がしてた。俺だって星弥の親友なんだし、一緒に思い出話したいんだよ」

親友が現在進行形なことがうれしく思えた。

空翔も悲しいんだよね……。

「いつか、できると思う。でも、まだ思い出にはしたくないの。あのね、うまく言えないんだけど、答えを見つけられる気がしてるの」

「答え？」

「今、私がやるべきことの答え。詳しくは言えない、っていうか自分でもよくわからないことが起きてるから。もう少しだけ待っててほしい」

過去に囚われている、と言われたばかりだから、あの夢の話はできない。でも、空翔にはわかってほしかった。

「きっと、流星群が奇跡を運んでくれるから」

空翔は口を挟まずにぽかんとした顔で私を見ている。こういう反応になるのはわかっていた。

「ヘンなこと言ってごめん。私なりに受け入れようと努力をしている、って伝えたかっただけなの」

しばらく空翔はまじまじと私を見ていたが、やがて息を吐いた。

「わかった」

うなずいてすぐ、空翔は声を低くして「でも」と続けた。

「クラスのやつらは星弥のこと知らないわけじゃん。実際、『サボってる』みたいなウワサも出てるし」

そうだろうな、と思う。今日の帰りもクラスメイトの子と同じバスになったばかり。向こうも気づいていたと思うし、私も気づかないフリをしてしまった。

体調の悪いはずの私がいるんだから、そういうウワサも出ても不思議じゃない。

「それに、村岡さんがかわいそうだよ」

麻衣の名前に胸が締めつけられる。でも、七夕まで残り数週間しかないのも事実なわけで……。

「そうだよね」

「せめて、村岡さんには全部話したら？　じゃないと、不公平だ」

正義感の強い空翔にうなずいたけれど、麻衣に星弥のことを話しはしないだろう。これ以上、麻衣に心配をかけたくなかった。

星弥の運命を変えることができれば、きっとなにもかもうまくいくはず。

心のなかで麻衣に謝るとき、胸はたしかに痛かった。


日曜日の夕暮れは、みんな早送りで動いているみたい。

改札口から流れ出る人、スーパーの袋を抱える親子連れ、部活帰りの学生たち。残り少ない休日を家で過ごすために、誰もが家路を急いでいる。

駅前のファーストフードは、持ち帰りの行列が延び、店内で食べているのは数組程度だった。雨はこの数日ふっておらず、カサを手にする人も少なかった。

今週は結局学校には行かず、図書館に通い詰めてしまった。親も気づいているみたいで、一度だけ聞かれたけれど深くは追及してこなかった。

もう月末近いから、あと少ししか時間がない。七夕までのカウントダウンははじまっている。

流星群のニュースや特集も毎日のようにテレビで流れている。そのためには行動を起こすしかない。

自動ドアが開き、待ち人が急ぎ足でやってくるのが見えた。

「遅くなってごめんなさい。思ったより仕事が長引いちゃって」

星弥のおばさんは休日出勤だったらしく、紺のスーツ姿でバッグを肩にかけていた。

「いえ、こちらこそ急にすみません」

あらかじめ買っておいたアイスコーヒーを差し出す。もう氷は半分以上溶けているかもしれない。

財布を取りだそうとするおばさんを止め、

「今日はすみません」

と謝った。

星弥のおばさんとふたりきりで会うことに決めたのは、あの日から過去の夢を見なくなったから。どんなに願っても、過去どころか、夢自体を見られなくなっていた。

もう流星群まで時間がない。だから、現状を打破《だは》したかった。

「大事な話、って一周忌のことよね？　参列するのはやっぱり難しい？」

なにも言わなくても、私の傷を理解してくれている。誰もがそうだ。うちの親や空翔、樹さんだって、星弥の死を悼《いた》みながら、悲しみのなかで動けない私を心配してくれている。

「大丈夫だと……思います」

「無理しないでね。私もやっとここのところ『あ、息してる』って思えるようになったんだから。仕事に復帰したおかげで気持ちが紛れているのかな」

「はい」

うなずく私におばさんは目を細めてほほ笑んだ。

「でも、月穂ちゃんから連絡が来てうれしかった。ずっと話がしたかったから」

「私も、です」

「一周忌のことじゃないとしたら、大事な話っていうのは？」

首をかしげたおばさんに、少し迷ってから言葉を選んだ。

「あの……誰かと星弥の話をしたくって。おばさんには迷惑かもしれない、って思ったんですけれど、ほかにわかってくれる人が……」

風船がしぼむように小さな声。いつの間にかうつむく顔。これじゃあ伝わらないと、意識して顔をあげる。

「これまで星弥の話をする、ってできなかったんです。最初に誰とちゃんと話をしたいか考えたんです」

「答えが私だった、ってこと？　すごく……すごくうれしい」

やさしい声にホッとした。

アイスコーヒーを飲んでからおばさんは「私もね」とため息交じりにつぶやいた。

「星弥のこと、話せる人がいないの。主人は聞きたがらないし、流星は東京に行ってるし、友達に話すのもなんだか悪いでしょう？　亡くなったことを受け止められるようになっても、思い出話ができないのは悲しいのよね」

悲しい話をするときは誰もが小声になる。ざぶんと波を揺らさないように、心が荒れないように、そっと言葉に変換する。きっと空翔も同じ気持ちだったんだと改めて知った。

「私も……」

言いかけてやめた。そんな私におばさんは軽くうなずいて言葉を待ってくれている。

「私も、ずっと星弥のこと、誰にも話ができないままです。今の高校も、星弥と行くはずだったけど、星弥はいない。星弥のことを知っているのは空翔くらいで……でも、まだ話せなくて」

「うん」

「空翔もうちの親も心配してくれています。なのに私は……星弥の話をされても拒否してきました。なんだか……怖いんです」

おばさんは「うん」ともう一度うなずく。

「同じよ。話したくても話せない私と、話したくない月穂ちゃん。求めるものは違っても、どちらも悲しいことは同じなんだね」

傷ついたおばさんが、傷ついた私を救おうとしてくれている。

いつもなら元気な自分を演じられるのに、演じなくちゃいけないのに……。

「私、全然うまく生きられなくて、自分が嫌になります。はじめのうちはみんなの慰める言葉を聞いていました。『星弥君が悲しむ』とか『月穂の人生はこれからなんだよ』とか……。なに言ってるの、って。星弥を過去になんかしたくない、って叫びたかった」

ああ、もう泣いてばかり。頬に流れる涙を感じても、言葉がどんどんあふれてくる。

「みんなの言葉を聞けば聞くほど避けるようになって……。なのに、ひとりだとどうしようもないくらい苦しくて……」

「そうね」と短い言葉で言ったおばさんの瞳にも涙が溜まっていた。

「私……」

と言葉を続けようとしても、声が震えてしまいうまく話せない。

「こうやって泣いているのも嫌だから、なんとかしたいって思うのになにもできない。悲しくてたまらないはずなのに、お腹はすくし、喉も渇くんです」

自分の子供を亡くしたおばさんは、私の何倍も悲しいはず。

なのに、おばさんはテーブルに投げ出した私の手をやさしく握ってくれた。

「でも、電話をくれたじゃない。月穂ちゃんから電話が来て、私がどれだけうれしかったか」

「……それは」

「きっと私も月穂ちゃんも、この一年間同じところでうずくまっていたような気がするの。でも、少しずつ変わろうとしている。変えようとしていると思うの。それは星弥のためじゃなく、自分のために」

握られた手に力が入った。どんな人の言葉よりもすっと染み込んで、心にあたたかさが灯《とも》った気がした。

「あんまり学校にも行けてないし、親ともろくに話もしてなくて……。変わりたいけど変わりたくないっていう、自分でもわからない毎日なんです」

「流れに身を任せて、思ったようにすればいいと思う。少なくとも私はそうしてる。それに流星群が――」

ハッと口を閉じたおばさんが、つないでいた手をほどいた。

今……流星群って言ったの？

「違うの」おばさんは薄く笑うと、窓の外に目をやった。

「あの子、よく言ってたから。『流星群が、奇跡を運んでくれるんだよ』って」

「私もよく聞きました。今年の七夕に見られる流星群のことですよね」

無意識に身を乗り出していた。おばさんはひとつうなずいてから、迷うように首をかしげた。

「実は、私も月穂ちゃんに話をしたいことがあるの。でも、きっと笑われちゃう」

なぜだろう、おばさんが言おうとしていることがわかる気がした。周りの音が遠ざかり、おばさんの口元だけが視界に入っている。

「ちょっと前のことなんだけどね」

唇の動きがスローモーションで見えている。

「不思議な夢を続けて見たの。夢のなかで、まだ星弥は生きていてね。中学三年生の頃かな」

鼓動の速度があがるのがわかる。それって、それって――。

「覚えてる？　月穂ちゃんがうちに遊びに来たとき、てるてるぼうずを作ったことがあったでしょう？」

「そんな!?」

思わず大きな声を出した私に、店内の客が驚いた顔を向けた。でも、それどころじゃない。

こんなことがあるの……？

おばさんは大声に驚きぽかんとしている。

「すみません。その話……詳しく聞かせてください」

「え、ただの夢の話よ？」

「それでも聞きたいんです。それって、二年前の七夕の日の夢ですよね？」

私の質問に気圧されるように、おばさんはカクカクとうなずいた。

「ちょっとあのときとは状況が違ったんだけどね。ほら、ふたりして家に来たじゃない？　でも夢のなかでは、星弥だけが買い物に行ってて不在だったのよ」

心臓の音がすぐ近くで聞こえているみたい。こんなことってあるの？

「夢のなかでね、私は月穂ちゃんといろんなお話をしたの。星弥の好きな食べ物とかの話」

やっぱりそうだ。おばさんもあの夢を……同じように見ていたんだ。

質問したいことはたくさんある。でも、今は黙っておばさんの話を聞かなくちゃ。

「夢のなかなのに、私は〝これは夢〟だってわかってた。だけど、体が動いてくれないの。口が勝手にしゃべってる感じだった。戻ってきた星弥が月穂ちゃんと二階へ行ったでしょう。星弥を抱きしめたかったけれど、やっぱり体は動かなくてね……」

そこでおばさんは口を閉じたかと思うと、苦しげな表情になった。

おばさんはアイスコーヒーを飲んでから、「ふう」とため息を声にした。

「私が月穂ちゃんに話したい、と思ったのは、そのあとに起きたことでね」

ズンとお腹に重い衝撃が走るのを感じた。

私は知っている、おばさんが言いたいことを。

「しばらくひとりでいるうちに、思ったの。これはやっぱり夢だって。だとしたら、うれしいけどこのあと絶対に悲しくなる。早く目を覚まさないと、って」

ああ、やっぱりそうなんだ……。覚悟を決めるように、私は背筋を伸ばした。

「そのときに二階から私がおりてきたんですね？　実際は星弥に見送られて帰るはずなのに、ひとりで階段を駆けおりてきた」

目を見開いたおばさんが、口の動きだけで「そう」と言ったあと視線を宙にさまよわせた。

「そうなの。実際はふたりでおりてきた記憶があるのに、そうじゃなかった。月穂ちゃんがおりてきた瞬間、まるで体の束縛《そくばく》が解けたみたいに自由に動けるようになったの。月穂ちゃんは私に――」

「病院へ連れていくように言いました」

「どうしてそれを……」

「だけどおばさんは、私にこう言ったんです。『あのね……星弥はもう亡くなったのよ』って」

おばさんは制止したように動かなくなった。

頭のなかがグルグル回っている。私たちは、同じ夢を見ていたんだ。混乱したようにおばさんは何度も首を横に振った。

「私、夢のなかで月穂ちゃんにひどいことを言ってしまった、って後悔して……。え、どういうことなの？」

「きっと、私たちは同じ夢を見たんですよ」

そうとしか考えられない。あの日、私とおばさんは二年前の七夕の日の夢を共有したんだ。

「同じ夢を……。まさか」

「過去に起きた夢を見ることはあると思います。でも、あの夢はまるで現実のことみたいにリアルだったんです。実際とは少し違う展開もあったけれど、あの時間をまた生きているみたいで……。私、これまでにも二回、ああいう不思議な夢を見たんです。どちらも、すぐに夢の世界だってわかったけれど、言葉や行動がコントロールしにくくて、でも、できるときもあるんです」

一気に言うと、おばさんは気圧されたように首を横に振った。

「……ごめんなさい。ちょっと混乱しちゃって」

ギュッと目をつむるおばさんに、自分のなかで出た答えを言うなら今だろう。

「私、思ったんです。夢のなかでの行動を変えれば、星弥を助けることができるかもしれない、って。星弥の死をなかったことにできるかも、って」

「え⁉ 本当に……？」

すがるように私を見たおばさんの瞳は涙でいっぱいだった。

「わかりません。でも、やってみる価値はあると思うんです」

こんな話、誰も信じないだろう。

夢の世界での行動を操れば、現実世界も変えられるなんて聞いたことがない。でも、同じ悲しみで打ちひしがれている私たちに与えられたチャンスなのだとしたら。そっか、と急に霧《きり》が晴れたような気分になった。

「おばさん。ひょっとしたらこれが、星弥が言っていた〝流星群が運んでくる奇跡〟なのかもしれません」

世界中の人が否定したって構わない。星弥に会えるならどんなことだってやれる。

私がすべきことは、夢のなかで星弥の死を回避させること。それだけだ。

【夢③】

「梅雨明けだってさ」

　空翔の声が聞こえたとき、私は机のなかの荷物を取り出しているところだった。

「ここんところ、ずっと晴れてるもんな」

　答えたのは星弥。

　顔をあげると、教壇に立ったふたりが黒板に落書きをしながら話をしている。星弥は星空を、空翔は青空を競い合うように描いている。

　本当に子供みたい、と笑ってから気づく。

　あの夢を見ているんだ……。よかった、しばらく夢を見られていなかったから素直にうれしかった。

　夢のなかでは、まだ中学三年生のまま。今は、いったい何日なのだろう。最後に見たのは七夕の日の夢だった。

　大丈夫。今回は夢の冒頭から〝病院に連れていく〟が頭に浮かんでいる。回数を重ねるごとに自分の意思が反映されるのかもしれない。

　すぐ立ちあがり星弥に声をかけなくちゃ。が、足に力を入れようとしても思った通りに動いてくれない。試しに声を出そうとしてみるがこれもダメ。

「ねえ、ほづっち」

懐かしいあだ名に横を見ると、クラスメイトの希実《のぞみ》が誰かを連れて立っていた。希実はダンス部の部長で、当時はすごく大人っぽく見えていたのに、今見るとまだ幼さが残る顔立ち、という印象。サイドテールの髪をいじりながら希実は申し訳なさそうな表情を浮かべる。

「うちの後輩なんだけどさ。恋に悩んでるんだって。月読みしてあげてよ」

「すみません」

しおらしく頭を下げる女の子に、私は「いいよ」とほほ笑んであげる。本当は全然よくない。星弥は病院に行ってくれたのだろうか？　それより、今がいつなのか気になる。そうだ、黒板に今日の日付が書いてあるはず。

けれど、私は女の子を隣に座らせると、紙とペンを差し出した。どんなにがんばっても、黒板に目線は向いてくれない。

「ここに、生年月日と名前を書いてね」

「はい」

希実が私のうしろの席に座ったので、目線はさらに黒板から遠ざかる。

ああ、早く星弥に声をかけないと。

焦る私の気持ちなんて知らずに、希実は後輩である〝四月三日生まれの片倉朋《かたくらとも》〟さんの恋について語りだす。同じダンス部の同級生に片想いをしているとのこと。

忘れていたけれどこんなことあったな……。この日になにかあったんだっけ？

いくら考えても思い出せないまま、私はバッグからノートを取り出した。

「白山先輩お願いします。独学で占いをやってるって聞いて、どうしても占ってほしかったんです」

キラキラした目で見てくる片倉さんに「んー」と答えてから私はノートをめくる。

「独学っていうか、勝手に作っただけなんだよね。当たらないかもよ」

「ウソウソ」と、希実が大声で否定する。

「ほづっちの占いはめっちゃ当たるって有名なんだよ。星好きなカレシがいてさー」

「希実、余計なこと言わないで」

さらりと忠告しながらも私は笑っている。こんなことしているヒマはないのに、全然体が言うことを聞いてくれない。

「えっと、片倉さんはおひつじ座だね。私と一緒だ。好きな相手の生年月日はわかる？」

「たしか、おうし座だったと思います。なんとなく似てる星座だったから。誕生日は聞く勇気がなくって……」

自信なさげに答える片倉さんに、満月カレンダーのページを開いてみせた。

「今日が七月二十二日でしょう?」

知りたかった日付が自分の口から発せられた。

ああ、そうか。まだ昼間なのに帰り支度をしてたってことは、今日は終業式なんだ。どうりで放課後にしては教室のなかが明るいわけだ。

最後の夢から二週間以上経っていることに気づき焦ってしまう。

「明日が満月なんだけど、行動を起こすなら後半のほうがお勧めだね。好きな相手がおうし座だとして、月との位置関係から見ると、いちばんいい日は三十一日だね」

「はい」

おうし座のページには、星弥の書いたアドバイスが彼の字で追加されている。何年かぶりに見る私たちのノートは、ふたりの思い出。それまで月にしか興味がなかった私に、星弥は夜空に散らばる星座の位置をわかりやすく説明してくれ、ふたりで占いを考えた。

今の私が月読みができないのは、星弥を思い出にできずにいるからなんだ……。

泣きたいのに、過去の私は「でね」と片倉さんの顔を覗き込む。

「告白にはまだ早いみたいだから、まずはさりげなく距離を詰めるのがいいと思う。たとえば、いつもより多めに話をするとか、笑顔を意識するとか、そういうことが効果的って出てるよ」

必死でメモを取る片倉さんを見ながらなんとか席を立とうとするけれど、やっぱり動いてくれない。そうこうしているうちに、教壇の前にいたふたりの姿は消えていた。

それから片倉さんはいろいろと聞いてきたけれど、そのたびにノートを参照しながらポジティブになれるような読みをしてあげた。

何度もお礼を言い、ふたりがいなくなると再び荷物をカバンにしまっていく。

「あれ、今日は星弥君と一緒じゃないの?」

今度は誰なの、とふり向く。えっと、この子は……。そうだ、米暮《こめくれ》さんだ。私は苗字で呼んでいた。誰よりもショートカットが似合っている女子。今はもう、連絡を取り合うこともない元友達。

「部活に顔出すみたい。あとで会うよ」

「あいかわらずうまくいってるんだねー。あぁ、うらやましい」

「なに言ってるの。カレシ、自分から振ったくせに」

この頃の私は、こんなふうにニコニコと話をしていたんだ。今とはまるで別人だ。

ふと、麻衣のことが頭をよぎった。私が学校に行かないせいで、悲しい思いをしていないといいな……。

ダメ……。今は、夢の世界に集中しなくちゃ。

「あたしにも月読みしてよ。せっかくの夏休みなのに、これじゃあひとりぼっちだもん」

米暮さんが前の椅子にうしろ向きで座った。

「だって、米暮さんは全然言うこと聞かないじゃん」

「今度はちゃんと聞くから。ね、お願い！」

たしかにこの会話を交わした覚えがある。このあと、先生が来るまでずっと月読みをしたんだ。

せっかくの夢なのに、これじゃあ星弥の運命を変えられない。流星群の奇跡を起こすには、どうしても星弥を病院へ連れていかなくちゃいけないの！

ふと、ノートをカバンから取り出す手が止まった。ゆっくり手を開いてみると、すとんとカバンに落ちる。

自分の意思で顔をあげると、米暮さんはスマホとにらめっこしている。右へ、左へ視線を向けてから、自分の手のひらを眺める。手を開いたり閉じたり……動いている。体が自由に動いている！

——ガタッ。音を立て椅子から立ちあがった私に、米暮さんは「どした？」とスマホから目を離さずに尋ねた。

「ごめん。用事あるんだった。また連絡するね」

「え、マジ？」

「本当にごめん。またね」

不満げな米暮さんを置きざりに教室から飛び出す。まだ昼前の廊下はすでに蒸し暑く、あの日の夏を感じる。

この頃の私は、まだ病気について知らされていなかったはず。体が動く今こそ、過去を変えるチャンスだ。

さっきの会話によれば、星弥は部活に顔を出す、と私に伝えたらしい。靴を履き替え、テニスコートへ向かった。日差しも、セミの声も、苦しくなる呼吸さえも現実のことに感じられる。

コートを囲む金網に手をかけ、なかを見るとちらほらと部員の姿が見えた。ストレッチをしていた空翔が私に気づき手をあげた。

必死で手招きをするけれど、あげた手を振り返してくるだけ。もどかしさに「空翔！」と叫ぶと、ぴょんと飛びあがり駆けてきた。

「んだよ。大きな声出すなよ」

「星弥はどこ？」

「は？」

「星弥だってば！　どこにいるの!?」

いぶかしげな顔に、スッと体から熱が奪われていく。

「ここに……いるんじゃないの？」

ようやく理解したのだろう、空翔は「ああ」と肩をすくめた。

「なんか用がある、って言い出してさ。引退試合もうすぐだってのにさ」

「どこに……行ったの？」

「知らない。てっきり月穂と一緒かと思ってた」

「ううん……」

どこへ行ったのだろう。二年前の記憶を辿るけれど、うまく思い出せない。

早く星弥に会わないといけないのに……。

スマホを取り出し、電話をかけてみる。

『おかけになった電話番号は電源が入っていないか、電波の届かない場所にいます』

無機質な女性の声が流れるだけ。どうしよう……。

私の様子を見て、空翔は「なあ」とさっきよりトーンをやわらかくした。

「星弥のこと、もっと信用してやれよ」

「え？」

「好きな人に悲しい思いをさせたりしないし」

そこまで聞いて、やっと空翔が言わんとしていることがわかった。私が星弥の浮気を疑っていると勘違いしているんだ。

「疑ってなんかないもん」

「そういうことじゃなくてさ……。ま、いいや」

「私、行くね。練習がんばって」

「お前はがんばりすぎんなよ」

空翔の声を背に走りだす。

校門を出たところで星弥に電話をかけるが、やっぱりつながらない。ラインを送っても既読にならない。

焦る気持ちが再度体を熱くする。額から流れた汗をぬぐい歩きだしたとき、違和感を覚えた。足元のアスファルトがぬかるんだ地面みたいにやわらかく感じられたから。

同調するように周りの木々や家がゆがみだしている。

夢が終わりを迎えようとしているんだ……。

「ダメ。まだ、ダメ！」

ここで夢が終わってしまったらなんにもならない。

「お願い。まだここにいさせて。お願いだから！」

目をギュッとつむり人目もはばからず叫ぶけれど、セミの声はどんどん遠ざかっていくようだ。

どれくらいそうしていただろう。静かに目を開けると、見覚えのある四つ角に立っていた。ここは、星弥の家に近い場所だ。

大丈夫、まだ夢のなかにいるみたい。

「よかった……」

時間が経ったらしく、上空は藍色《あいいろ》に塗られ、住宅地の向こうにわずかに残ったオレンジ色の雲が浮かんでいた。まだ風に温度はあるけれど、日差しがないぶん涼しく感じられる。

体はまだ自由に動くらしく、スマホを開くことができた。日付は……同じ。時間はもう七時近い。

星弥からの着信やラインの返信はないまま。

二年前の今日は、星弥の家で会う約束をしていた。たしか、私の用事で遅くなり……そう、慌てて駆けつけたんだ。星弥は怒ることもなく、おばさんもニコニコ待っていてくれて。でも、こんなに遅い時間じゃなかった気がする。

じゃあほかの日はどうだろう? 夏休みに会った記憶はあるけれど、それがいつのことかは覚えていない。

スマホにスケジュールを入力しておけばよかったと後悔したところで、日記アプリの存在を思い出した。クラスで一時期はやっていて、私もたまに書いていた。非公開にしていたはずだけど、星弥が亡くなってからは開いてもいない。

存在すらすっかり忘れていた……。

スマホのアイコンのなかから日記アプリを探そうとする指を宙で止めた。

よく考えたらスマホで見られるのは、昨日までの日記だ。今日なにがあったかは、調べようがない。

……目覚めたら確認しなくちゃ。スマホは新しくしちゃったけれど、アプリの引き継ぎサービスを使えば、過去の日記も見られるはず。

それよりも早く星弥に会わなくちゃ……。

迷いながら、星弥の家の門を開けた。

自分の意思で動ける今、星弥にもおばさんにも病気のことをストレートに伝えよう。

そう、迷っている時間なんてないのだから。

強く自分に言い聞かせ、星弥の家のチャイムを鳴らした。

すぐにおばさんが出てきてくれた。夕飯の準備をしていたらしく、エプロン姿のおばさんがかわいく見えた。

「いらっしゃい。あら、星弥は一緒じゃないの？」

「こんにちは。え、星弥いないんですか？」

「今日は部活だったんじゃないの？」

質問し合っているうちに、おばさんが「大変!」と短く叫んだかと思うと小走りでキッチンへ駆けていく。追いかけると、どうやらコンロの火をかけっぱなしだったらしく、唐揚げを油鍋から急いで取り出している。

「すぐに忘れちゃうのよ。これから、ふたりでてるてるぼうず作りでしょう?」

やっぱりそうだ。あの日は、夕方から星弥の部屋でてるてるぼうずを作ったんだ。夕飯で唐揚げをごちそうになったことを思い出した。星弥は、私が来たときにはすでに部屋にいたはず。過去が変わっているのは間違いないだろう。

前回の夢で私がした発言や行動により、この夢の内容も変わっている。そういうことなのかな……? だとしたらまだ希望はある。

「待ってる間、月穂ちゃんにも手伝ってもらおうかな?」

鼻歌混じりのおばさんは、私と同じ夢を見たと言っていた。

今はどうなのだろう……?

手を洗い、唐揚げ作りの担当を代わる。じゅうじゅうさわぐ唐揚げが、美味《おい》しそうに揚がっている。キャベツを千切りにするおばさんの横顔をさりげなく観察した。

見る限り、いつもと変わりないように見える。必死で自分の意思で動こうとしているのだろうか?

「明日から夏休みね。星弥は推薦入試間近だけど、ちゃんと勉強してるのかしら」

「してると思いますよ」

心配しなくても星弥は推薦で、私は一般入試で同じ高校に合格した。でも、星弥は一度も高校に来ることはなく……。

にがいものが口のなかに広がる。今は、まずはおばさんも私のように自由に動いてもらわなくちゃ。それから星弥のことを話し合わなくちゃ。

星弥に病院に行ってもらうにはそれしかない。

「おばさん、聞いてください」

低い声の私におばさんは目を丸くした。

「月穂ちゃんどうしたの？　具合、悪い？」

「違うんです。おばさん、これは夢のなかなんです。自分の意思で動ける、って考えてみてください」

「なに、どうしちゃったの？」

困ったように笑うおばさんをじっと見る。違ったのだろうか……。

そのときだった。玄関のドアが開く音がした。おばさんも気づいたらしく、視線をリビングのドアへ向けた。

ゆっくりと廊下を歩く足音。おじさんが帰ってきたのかも、と思ったけれど、顔を見せたのは星弥だった。

「星弥」

おばさんと同時にその名を呼んでいた。やっと星弥の顔を見られたよろこびが、湧きあがる水みたいにあふれだす。

けれど星弥はどこか疲れたように、少し口角をあげるとテーブルの椅子に座った。

どうしたの……？

「ごめん。待たせてごめん」

いつもと違う様子に、おばさんも包丁を動かす手を止めた。油の跳ねる音だけが静かに響く。

「待ってないよ、大丈夫」

ううん、それより今はふたりに話をしよう。口を開きかけると同時に「あのさ」と星弥が言った。無理して明るい声を出しているのがわかる。星弥の目が私を見つめた。

「今日さ、学校のあと行ってきたんだ」

おばさんがなにも言わないので、

「……どこに？」

私が尋ねた。さっきまでのうれしい気持ちは、嫌な予感に変わっている。

星弥は少し黙って髪をガシガシとかいてから言った。

「病院だよ。ほら、月穂が前に行けって言ったじゃん」

「病院。行ってくれたんだ……」

ああ、よかった。前回の夢は無駄じゃなかった。これで未来が変わるかもしれない。

安堵《あんど》の息をつく私に、星弥は「なんかさ」と続けた。そのトーンは重く、一瞬で私を不安にさせた。

「どうやら、俺、死ぬらしいよ」

それは、天気の話でもするみたいな軽い口調だった。


夕食は静かにはじまり、静かに終わった。

星弥は、ずっと具合が悪かったこと、私に受診を勧められたことを説明し、学校のあと病院へ行ったことを時折、思い出したかのように話してくれた。

受診は二度目で、今回は精密検査だったという。検査後、ドクターは『来週、親と一緒に来るように』と告げたそうだ。

「『念のために』なんて付け加えてたけど、俺も今日までネットでいろいろ調べた。検査内容にしても、見せてくれた画像にしても、どっちも思い描いてた最悪のことだった。それが的中した感じ。ま、素人判断だけどね」

唐揚げを頬張る星弥に、自分のなかの勇気を振り絞る。

「そんなのわからないよ。だって前よりもずっと早い発見だったんだし」

「前より?」

星弥が首をかしげた。

「本当なら推薦入試の直後だったはず。だから三カ月くらい発見が早かったことになる。きっと大丈夫。そうじゃなかったら、この夢の意味が……」

ちゃんと伝えたいのに、あふれる涙が邪魔をする。こらえきれずに嗚咽《おえつ》を漏らす私の肩を星弥が抱いてくれた。

違う。私が言いたいのは、あきらめないでってこと。

ぼやけた視界でおばさんを見ると、真っ青な顔で固まっていた。

「たしかに、まだ正式に言われたわけじゃないしな。ごちそうさま」

そう言うと、星弥は立ちあがった。

顔色だって悪くないし、いつもと変わりないように見える。こんな早い段階から病魔がむしばんでいたなんて知らなかった……。

「今日はもう寝るよ。なんか、疲れちゃってさ」

私の頭をくしゃっとさわった星弥に、「うん」とうなずいた。離された手がさみしくても、本当に悲しいのは星弥だから。

ぐっとこらえる私に星弥はやさしい視線を送ってくれた。

「泣かせてごめん。まだはっきりしてないわけだし、月穂の言うように前向きになら

「……ちゃんと送っていくから」

ないとな。母さん、あとは頼んでいい？」

ようやくフリーズが解けたおばさんにうなずくと、星弥はリビングを出ていった。

閉じられたドア。こぼれる涙を拭い呼吸を整える。

まだわからない。まだ泣いちゃいけない。まだあきらめない。

そうだよ、この夢を見ることに意味があるのなら、きっとうまくいくはず。

この展開は、実際になかったこと。これだけでもすごい進歩なんだから、前向きに受け止めないと。

「月穂ちゃん」

力なくおばさんがつぶやく。そう、おばさんも勇気づけないと。

「あの、きっと大丈夫です。今の医療ってすごいし、きっと――」

「そうじゃないの」

おばさんの瞳には涙がいっぱいたまっていて、今にもこぼれ落ちそうだった。

「今、私と月穂ちゃんは同じ夢を見ているの？」

「おばさん……。え、じゃあ」

「さっきから急に思ったように動けるようになったの。ああ、やっぱりこれは夢のなかなのね」

やっぱり同じ夢を見ているんだ。わかり合えたことにうれしくなるけれど、おばさんの表情は苦しげにゆがんでしまう。

「でも、まさか星弥があんなことを言うなんて……」

「おばさん」

「どうして？ せっかく病院へ行ってくれたのに、これじゃあ前と同じじゃない」

机に両手を置き、おばさんは責めるような口調で言う。

「この夢には絶対に意味があるんです。私たちがあきらめちゃダメだと思います」

これが流星群の運んでくれる奇跡だとしたら……。

「樹さんが……図書館の館長さんが言ってたんです。『信じる人にだけしか、奇跡は訪れません』って」

「奇跡……」

おばさんの右目からぽとりと涙がテーブルに落ちた。涙が希望を消し去るように、おばさんの表情が苦しげにゆがんだ。

「でも……もしも奇跡が起きなかったら？」

おばさんはテーブルをにらむように見つめた。

「もうすぐ一年……。やっと、前向きになれてきたの。なのに、もう一度、あの苦しみを味わうなんてできそうもないの。だから……これ以上は」

唇をかみしめおばさんは静かに泣いた。なにか声をかけたいのに、こういうときに限ってなにも出てこない。

「強い口調で言っちゃってごめんなさい。月穂ちゃん、私……怖いんだと思う。星弥が亡くなるときの悲しみを、もう一度体験するのが怖い。体が引き裂かれるほどの悲しみは、二度と味わいたくないのよ……。親だったらきっと誰だってそう思うはずでしょう？」

押し黙る私に、おばさんは嗚咽をこらえて続けた。

「月穂ちゃんは大丈夫なの？　星弥の運命を変えられなかったとしても、それでも奇跡を信じるの？」

私は……どうなのだろう？　努力しても星弥の運命を変えられなかったなら……。もう一度星弥の死を看取るなら……。

答えはきっと〝一緒に死を選ぶ〟だ。そんなこと言えるはずもなく、「はい」と答えた。

「星弥の病気は秋に発覚しました。それがこんなに早まったんですよ。これが流星群のくれた奇跡なら、私は信じます」

しばらく黙ってから、おばさんは小さくうなずいた。

「そうよね。たしかに秋に病院にかかったのが最初だものね」

「このあと目が覚めたら、家に星弥がいるってことだってありえます」

運命が変わっているなら、星弥が亡くなったという事実が消えるかもしれない。私たちは星弥に会えるかもしれない。

「私、精いっぱいやりたいんです。朝起きて、なにも変わってなくても、次の夢でなにか進展があるかもしれない。そう思いたいんです」

おばさんは時間が止まったようにしばらく口を閉じてから、静かに息を吐いた。

「……わかったわ。私も信じてみる」

うなずくおばさんの向こう、キッチンの壁がぐにゃりと曲がった。冷蔵庫もドアも同じ形で曲がりながら闇へ落ちていく。

夢の終わりが来たんだ。

どうか、朝起きたら星弥が生き返っていますように。それが無理なら、次の夢をすぐに見たい。ううん、見る。

流星群がこの町に来る前に、奇跡を起こしてみせるんだ。

【日記アプリ】

7月22日　☑晴れ　□曇り　□雨　□雪　□その他
あんなに雨ばかりだったのに、今日からしばらくは晴れの予報。終業式のあと、希実が後輩を連れてきたので、月読みをした。そのあと、米暮さんにもしてあげた。米暮さんは、いて座のせいもあって刺激を求めがち。もっと慎重に恋をしてほしいけれど、月読みでは悪いことは言わないようにしているので、前向きな占いをした。午後から星弥と会うはずが、私のせいで遅くなってしまった。そんなときでも星弥はやさしい。夕飯をごちそうになった。帰り道は、薄い月と一緒に歩いた。昨日が新月だったので、これからどんどん丸くなっていく。明日からの夏休み、たくさん遊びたいけれど、星弥は推薦入試を控えているし、私も受験勉強をしなくちゃいけない。

10月2日　☑晴れ　□曇り　□雨　□雪　□その他
今日は星弥の推薦入試の日。学力テストはなく、面接と小論文、さらに集団討論という私にはよくわからないことをやるみたい。最近、風邪が長引いていた星弥も今朝はだいぶ回復したみたいで安心した。同じ高校に行く作戦を成功させる第一歩。神様、星弥の入試がうまくいきますように。今日は満月だから、月も応援してくれているはず！

10月19日 □晴れ ✓曇り □雨 □雪 □その他
星弥の体調が戻らない。今日から検査入院をすることに。学校が終わって会いに行きたかったけれど、それどころじゃないだろうし……。星弥は「ただの検査だから大丈夫」ってラインをくれた。「病院からはあまり星が見えないから苦痛」なんて、それどころじゃないのに。私を安心させようとしてくれてるのかな。

10月25日 □晴れ ✓曇り □雨 □雪 □その他
朝の9時10分。星弥からラインが来た。「いつでもいいから、病院に来られる？ 大事な話がある」と書いてある。そのあとはなにを聞いても返事をくれない。これから病院へ行ってくる。大事な話ってなんだろう……。お母さんは「サプライズで高校合格の報告じゃない？」って言ってたけれど、きっと違う。これから会いに行ってきます。

【第四章】図書館の星空

目覚めると同時に、忘れかけていた日記アプリを起動させた。前のスマホからのデータ移行やバージョンアップなどで時間がかかったけれど、メモみたいな日記はまだ残っていた。

あの頃を思い出すのが怖くて、飛ばし飛ばしに読んだ。でも結局、途中で読むのをやめてしまった。

アプリの内容は前に書いたままだった。夢で起きたことが現実世界に反映されていると思ったのに、なにひとつ変わっていない。

やっぱり、結局は夢なのかな……。

夢で見た七月二十二日は、現実で星弥が受診した日より三カ月も前のこと。あの日、私が遅れて星弥の家に着いたとき、彼はたしかにいた。病院に行った形跡はなかったと思う。

つまり、夢のなかの星弥は、現実世界よりも早く治療をはじめられることになる。

「信じなくちゃ……」

アプリの内容が変わっていなくとも、現実世界に夢が反映されていると信じよう。ひょっとしたら……星弥が生き返っているかもしれない。そうだよ、私が信じることで奇跡が起きるかもしれない。

すぐにでも星弥にラインを送りたかったけれど、もう少し頭のなかを整理したかった。学校へ行けば、ううん……バスのなかとかで会うかも。高校でも星弥はテニス部に入ってるだろうから、朝練がある。

そう考えると居ても立っても居られず、早々に家を出て学校へ向かった。

間もなく七月になろうという町は、朝日に輝いていて、昨日の雨の残りが木や葉、道端でキラキラ反射している。

やっぱり星弥がいるからこそ、この世界は輝くんだね。

リュックのなかでスマホが震えていることに気づき、道のはしに寄って確認すると、【星弥ママ】の文字が表示されている。

心臓が大きく跳ねた。星弥が家にいる、という報告かも！

深呼吸しながら通話ボタンを押した。

「おはようございます」

そう言う私に、おばさんは『おはよう』と静かに言った。

声のトーンでわかった。星弥は生き返っていないんだ、って。

「夕べも同じ夢を見ましたよね？」

低い位置で照らす朝日に目を細めた。あまりにもまぶしくて、自分が吸血鬼にでもなった気がする。

『ええ。本当に不思議な夢ね。起きてすぐに星弥の部屋に行ったんだけど、やっぱり戻ってなかったの。報告しておかないと、って思って』

「ありがとうございます。でもきっと、これからですよ」

もう六月末だ。あと一週間ちょっとでこの町に星がふる。そのときまでに星弥をこの世界に戻してみせる。落ち込んでいるヒマはないんだから。

『あの……今ってもう外にいるの？』

気弱な声がスマホ越しに聞こえる。

「もうすぐ駅に着くところです」

『私は、今日は仕事休むことにしたの。なんだか、夢のなかでもずっと起きてた感じだから疲れちゃって……』

私にとっては希望のある夢でも、人によって受け止めかたが違うんだな、と思った。

「大丈夫ですか？　お大事にしてくださいね」

『やっぱりね、私……思うのよ』

歯切れ悪くそう言ったあと、深いため息が耳に届く。

『こんな不思議なこと、本当なら感謝しなくちゃいけない。あの子を取り戻せるならなんだってやりたい、って』

「はい」

『でも、やっぱり怖いの。もう一度失うことになったらどうしよう、って。前に夢を見たときもそうだったんだけど、夢のなかで星弥に会えるぶん、目が覚めたときの悲しみに涙が止まらなくるなるの』

おばさんの言っていることは理解できた。私だって怖い。でも、奇跡は信じた人にしか訪れないから。

今、それを口にするのは違う気がして「わかります」と同意した。

しばらく呼吸音だけがスマホ越しに聞こえた。

『それにね、あの夢で起きたことが現実に反映されるって決まったわけじゃないでしょう？　もし夢のなかの星弥の病気が治ったとしても、この世界に戻ってくる保証はないじゃない。がんばって、がんばって、でもダメだったときを思うと、私……耐えられない気がして……』

最後は泣き声が入り混じっていた。

おばさんは必死で星弥の死を乗り越えた。きっとおばさんなりに前を向いて歩いていた。それを引き留めたのは私だ。後悔がじんわりと生まれた。

「たぶん、ですけど……。〝夢のなかで星弥に会いたい〟って思わなければ、不思議な夢は見ないと思うんです」

『ええ』

「今夜からは私に任せてください。きっと、奇跡を起こしてみせますから」

そう言った私に、おばさんはしばらく沈黙した。

『なんだか月穂ちゃん、この間久しぶりに会ったときとは別人みたい。昔に戻った、っていうか……ほら、星弥が亡くなってからそんなに会ってなかったから』

さっきより明るい口調のおばさんにホッとする。

「私も自分で不思議です。でも、今できることをしたいんです。ちゃんと報告しますから、無理はしないでください」

電話を切ったあともバスに乗り込んでからも、気持ちはブレていなかった。

学校へ向かう坂道も、ちゃんと前を見て歩けた。

星弥が私に力をくれている。そう思えたの。

教室に入ると、まばらなクラスメイトが私を見た。自分の席まで「おはよう」を伝えながら辿り着いた。教科書を取り出し、リュックを机のサイドフックにかけてから顔をあげると、向こうで顔をつき合わせてしゃべっている女子数人と目が合った。が、すぐに逸らされ、なにやらコソコソ話に戻ってしまった。

なんだろう、と教室を見渡すと誰からもあからさまに視線を外される。

目が合わないゲームでもしているみたいで気になるけれど、今はそれどころじゃない。期末テストも近いし、てるてるぼうずだってたくさん作らなきゃいけないし。な

により も、星弥を助けるという使命が私にはある。

席につくと机のなかからプリントが飛び出していた。一枚はもうすぐはじまる期末テストの概要、もう一枚が修学旅行について。最後は、進路調査の紙だった。

誰かが亡くなっても時間は止まることなく進んでいく。当たり前のことなのに、ひとり取り残されたように感じてしまう。

それももうすぐ終わる。流星群が奇跡を運んでくれるなら、あと少しで星弥は戻ってきてくれる。

いつ戻ってくるのだろう？　今朝は期待しすぎてしまったけれど、過去を変えたからって翌日に戻ってくるわけではないみたい。

流星群と一緒に戻ってくるのかな……。よく考えたら私は流星群についての知識が乏しすぎる。

テレビで流星群の特集を見たりもしたけれど、星弥が言うように〝星がふる〟というものではなく、〝いつもより多く流れ星が見える〟程度だった。

そもそもこのあたりは〝星の町〟という愛称を打ち出すほど、晴れた夜には流れ星が見られる。

もう一度、あの本を最初から読み返せば答えが見つかるのかもしれない。

学校に来たものの、すでに図書館であの本を見たい気持ちが込みあがってくる。期末テストがはじまってしまうと行く時間がないし……。

机の木目とにらめっこしていると、誰かが前に立つのがわかった。顔をあげると、さっきコソコソ話をしていた女子のひとりが気まずそうな顔で私を見ている。

彼女は、深川《ふかがわ》さん。下の名前はリナだ。長い髪をひとつに束ね、肩から前に垂らしている。メイクもクラスでいちばん上手なイメージ。

「白山さんに話があるんだけどさ」

深川さんは平坦な声で言った。あまり話をしたことがないのに、なんだろう？　そうだ、前に空翔が言ってたっけ。クラスで私を悪く言う人がいる、って。

深川さんは、前髪をさわりながら「なんで？」と問うた。

「白山さんって体が弱いんだよね？　だから学校休んだり、遅れて来たりしてるんだよね？　それなのに、なんで学校がある日に図書館にいたり、バーガーショップで目撃されてんの？」

うしろの女子ふたりも応援するように大きくうなずいている。

そっか、見られていたんだ……。

「それは……えっと」

いつものように軽い口調を意識しても、頭の半分は図書館のことで占められている。

どうでもいいよ、そんなこと。今はそれどころじゃないんだよ。そう言えたらどんなにいいか。

気持ちに反して、私はまたヘラッと笑っていた。そんな私に、深川さんは聞こえるようにため息をついた。

「本当に具合が悪いならなんにも言わない。でも、先生に聞いても、病名すら教えてくれないし、理事長……あ、松本さんも結局は注意してないんでしょう。それって不公平じゃない？」

もし、星弥が亡くなったことを説明しても、深川さんに私の悲しみなんてわからない。夢の話をしようものなら、気持ち悪がられるのも目に見えている。

なにも答えない私に、深川さんはさっきよりも声を大きくして続ける。

「別に注意とかじゃないよ。あたしが言いたいのは、ちょっとは麻衣のこと考えてあげたらどうなの？ってこと。あの子、昼休みだって『ひょっとしたら月穂が来るかもしれない』って、ひとりでご飯食べてるんだよ。かわいそうだと思わないの？」

正義を振りかざす深川さんの言葉を、これまでの私なら黙って聞いているだけだっただろう。でも、今は違う。どんなことを言われても、私にはやるべきことがある。

誰にも……そう、誰にも邪魔されたくない。

「それに、あたしたちだって白山さんのことを――」

――ガタッ。

勢いよく椅子から立ちあがった私に、深川さんは驚いた顔のままあとずさった。

「深川さんの言っていること、ちゃんとわかるよ。迷惑かけてごめん」

「……ならいいけどさ。ねえ？」

うしろの女子たちも深川さんの問いにうなずいている。

「でも、しばらくの間はちゃんと来られるかわからない」

「だから、その理由を聞いてんの」

じれったそうに両腕を組んだ深川さんから視線を逸らすと、前の入口から空翔が入ってくるのが見えた。朝練かと思っていたけれど、今日は違うみたい。私たちを見て驚いた顔をしている。

「いろいろあって……。七夕が終わったくらいからは、迷惑かけないで済むと思う」

深川さん以外の人に聞かれないように伝えるが、彼女に隠す気はないみたい。

「期末テストはどうするの？　それもサボるの？」

声量を強めて詰問してくる。

「ううん。受けるよ」

「学校は平気で休むのに、テストだけは受けられるんだね。それってヘンじゃない？　そもそもろくに授業も出てないのに大丈夫なわけ？」

「赤点でも仕方ないよ。自業自得だから」

そう、自業自得。すべての未来は、これまでの自分自身が招いていることなんだ。

でも、過去を変えることができたなら、未来だって変わるはず。

リュックを手にした私に、

「え、帰るの？」

深川さんが不安げな顔になる。今、帰ってしまったら彼女のせいだと思われてしまいそう。

なんでもないように私は笑みを作る。もうひとりの自分を演じるのは慣れているから。

「今日は、忘れ物を取りに来ただけで、これから病院なの。テストはなんとか受けるから大丈夫。嫌なこと言わせちゃってごめんね」

「でも、さ……」

「あと……麻衣のことよろしくお願いします」

お辞儀をするとリュックを右手に持ち、駆け足で教室を出た。

さっきは一瞬、素の自分が出てしまった。こんなこと今までなかったのに、動揺しちゃったのかもしれない。

もう大丈夫、今はやるべきことに集中しなくちゃ。

「おい。待てって」

追いかけてきた空翔が、私の前に回り込んだ。

「どういうことだよ。なんで帰るわけ？」

「さっき聞いてたでしょ。荷物を取りに来ただけなの」

「ウソだ」

らちが明かないので脇をすり抜けて歩きだす。

「私のことは放っておいて」

けれど空翔はすぐうしろを同じ速度でついてくる。

「んだよ。お前さ、マジでどうしちゃったんだよ。待てって」

「待たない」

「待てってば！」

足を止めると、つんのめる形で空翔もブレーキをかけた。

「どうもしてない。むしろ、これまでのほうがどうかしてたの。深川さんにも言ったけど、七夕が終われば全部終わるから」

今はわからなくても、その日が来れば空翔だってよろこんでくれる。親友だった星弥が戻ってくるのだから。

「七夕……？」

「私、今どうしてもやりたいことがあるの。これって空翔に話してもわかってもらえないと思う。だけど、大事なことなの」

登校してくる生徒が私たちを避けて教室へ歩いていく。空翔はしばらく黙っていたけれど、急にニカッと笑った。

「そっか。ま、月穂が決めたなら仕方ない」

想像してなかった反応に私のほうが驚きを隠せない。

「てっきり反対されると思ってた」

「いや、できれば学校には来てほしいけどさ、七夕までなんだろ。もうすぐじゃん」

「うん」

「それに」と、空翔は人差し指で私をまっすぐにさしてくる。

「月穂が本心を語るなんて久しぶりだし。俺は信じるよ」

何事か、と奇妙な目で何人かの生徒が通り過ぎていく。

「ありがとう。でも、人のこと指さすのやめてよね」

精いっぱいの憎まれ口。昔はいつもこうやって掛け合いみたいに話をしていたよね。

懐かしさに息が苦しくなる。

「はいはい。おっかねー」

おどける空翔を残し、小走りで階段をおりた。登校してくる生徒に逆らいながら校門を出て坂を下っていく。

このまま図書館へ行こう。あの本をいちから読み直さなきゃ。思えば、ちゃんと奇跡を信じて読んでいなかった気がする。この時間からなら、きっと最後まで読めるはず。

バス停とは反対方向へ歩きだした私の腕を誰かがつかんだ。

「え？」

見ると、息を切らした麻衣が立っていた。

「おはよう。やっぱり月穂だったぁ」

はあはあ、と息を切らせる麻衣は白い歯を見せて笑っている。

「麻衣……」

「体調よくなったんだね」

どうして私なんかと仲良くしてくれているのだろう。こんなに迷惑ばかりかけているのになんで？

空翔だってそうだ。私なら、こんなややこしくて不真面目な友達なんていらない、って思ってしまうだろう。

ひとりぼっちでお弁当を食べている麻衣を想像し、胸が苦しくなった。

「麻衣、私……」

言いかける私を遮るように「そうだ！」と麻衣は目を輝かせる。

「あのね、あのね。これ見て」

リュックから一冊のノートを取り出して見せてくる。

「テスト対策をまとめたノートだよ。先生が『ここ出るぞ』って言ったページ数つきなんだよ」

「……作ってくれたの？」

「当たり前じゃん。あたしたちの苦手な英語は特にがんばってまとめておいたよ。といっても、松本さんも協力してくれたんだけどね」

渡されたノートをめくると、小さな丸文字がたくさん並んでいる。図やイラストも描かれていて、解説本みたいに詳しい。

あ、なんだか泣きそう。

本当は麻衣に言おうと思っていた。

『しばらくは教室でも話しかけないで』って。

『お弁当もほかの子と食べてほしい』って。

でも、こんなの見たら言えないよ。

「ありがとうね。本当に、ありがとう」

「いいっていいって。あたしも復習になったし。それよりさ――」

「麻衣に話をしたいことがあるの」

話途中で言葉を遮ると、麻衣はハッとしたあと不安げに表情を曇らせた。

「体調のこと？　なにか……悪い病気とか」

すがるように制服の裾をギュッと握る麻衣に、首を横に振った。

「じゃあなに？　あ、空翔くんのこと？」

「なにそれ。空翔は関係ないよ」

思わず笑ってしまった。

「だってわからないもん。すぐ話してくれないと、今この瞬間から不安になっちゃうんだから」

ぶすっと膨れる麻衣に心のなかで『ごめん』と謝った。

「内緒だけど、今日はこれから図書館に行くの」

「図書館って、あそこの？」

道の先を見る麻衣にうなずく。

「私、わけのわからないことばっかりしてるよね。クラスのみんなもそう思ってるはず。でも、麻衣だけにはちゃんと話をするから、それまで待っててくれる？」

「……話、してくれるの？」

きょとんとする麻衣の目をじっと見つめてうなずく。大切な友達にきちんと話をしたい。でも、まだ時期尚早だ。

「約束する。七夕が終わるまで待っててほしい」

麻衣にだけはすべて知ってもらいたい。思うそばから言葉になっていくようだ。

「やった！」

目の前の麻衣が、急に笑顔になったのを見て驚いてしまう。

「……どうしたの？」

「だってさ、月穂って全然自分のことしゃべらないじゃん。だから、予告編だけですごくうれしくなっちゃった」

本当の気持ちを隠していること、麻衣にはお見通しだったんだな……。

「ちゃんと話すよ」

「約束だからね」

そろそろ登校する生徒が少なくなってきた。もうすぐ、チャイムが鳴るのだろう。

「ほら、行って。あと、今日からお昼は、深川さんたちと食べてくれる？」

「え、そんなの……」

「大丈夫。私が登校した日は、強引にグループに加わるから」

ね、と首を傾けると、麻衣は素直にうなずいた。

学校へと続く坂道をのぼりながら麻衣は手を振る。何度も何度も。

麻衣なら、私の過去を知っても否定はしない。そんなこと、とうの前からわかっていたはずなのに、言えなかったのは私の弱さだ。

ばいばい、またね。

どうか話をするときに、星弥が隣にいますように。


図書館のドアを開けると、まだ館内は暗かった。ブラインドやカーテンは閉められたままで、星弥と通っていた頃を思い出させた。

通路の左側にカウンターがあり、照明がひとつだけついている。手前に樹さんがうしろ向きに立っていた。シルバーの長い髪を、器用にゴムで結んでいるところだった。

物音に気づいたのだろう、樹さんがふり返り「おやおや」と口にした。

「開館前に誰かと思えば」

「すみません。開いていたので……。外で待ってます」

「いいですよ。あと少しで九時ですし問題ありません」

手招きをされ近づく。照明に吸い寄せられる虫の気分だ。

「前に話をされていた不思議な夢はまだ見ているのですか？」

「はい。まだ続いています」

樹さんはカウンターの内側の椅子に腰をおろした。勧められるまま向かい側に座る。

「月穂さんの役に立てるよう、私なりにあの本を読み解こうとしたのですが、夢のことも大流星群に関する記述も見つけられませんでした」

カウンターに両肘を置き、指先を組むと樹さんは言った。

「私もまだ見つけられていません」

「でも、信じると？」

口元に浮かぶ微笑にうなずいた。

「信じたいんです。私にはそれしかないから……」

「そうですか」と言ったあと、樹さんは鼻から静かに息を吐いた。

「奇跡を信じたい気持ち、わかります。どうやら私に奇跡は起きないようですが、月穂さんのことは応援しています」

樹さんの顔から笑みが消えるのを見て、「あの」と思わず口を開いていた。

「ひょっとして樹さんも、叶えたい奇跡があるのですか？」

余計なことを聞いてしまった、と口を閉じたけれどもう遅い。一度出た言葉は取り戻せないから。

思案するように「んん」と小さく口のなかで言ったあと、樹さんは首を横に振った。結んだ髪がさらさらと揺れている。

「叶えたいことはあっても、本気で奇跡を信じてないのでしょうね。信じ続けて裏切られるのが怖いんだと思います」

「……星弥のお母さんも同じことを言っていました」

共通の夢を見たせいで、おばさんを悩ませてしまった。

「私たちは大人になると、防御力ばかり高めてしまうんですよ。小さな冒険すらも怖がり、自分の足元を固めることばかり気にしてしまう。RPGでは容易に勇者を戦わせているのに、自分のことになると身動きが取れないんです。自分の戦闘力も防御力も数値で見えないからでしょうね」

プレステが好きだった星弥は、樹さんとよくゲームの話をしていた。こうやってゲームにたとえることもよくしていた。ゲームをしない私にはよくわからなかったけれど。

自分でも気づいたのだろう、樹さんが自嘲気味に笑った。

「私が言いたいのは、月穂さんは奇跡を信じてほしい、ということです」

うなずく私を見てから「そうだ」と樹さんは腕時計を確認した。

「開館時間を過ぎましたが、せっかくなのでお見せしたいものがあるんです。もう少しいいですか？」

「はい」

答えると同時にカウンターの照明が切られ、館内は文字通り真っ暗になった。

戸惑っていると、スイッチを入れる音に続いてモーター音のようなものがそばで聞こえた。音のするほうを見れば、プリンターだと思っていた機械から白い光が天井に向かって放たれている。

「天井をご覧ください」

「え？」

見あげると、真っ暗だった天井一面に星空が映し出された。無数の星が、見たこともないくらいまばゆく光っている。

「すごい……」

東側にアルタイルとベガ、そしてデネブが作る夏の大三角形があり、西の空にはもうすぐ見切れそうな春の大三角形が見える。星弥が好きだと教えてくれた、とかげ座まではっきりと見えた。

「この近くに天文台があるでしょう？」

「はい」

満天の星空から目を離せない。

「一般の立ち入りが禁止されていることに、星弥君はずっと不満げでした」

「ああ、そうでしたね」

星弥は天文台を見るたびにうらめしそうな顔でボヤいていたっけ。

『こんな近くにあるのにさ』『高校に入ればきっと社会見学とかで行けると思うんだ』

『市役所に交渉に行ったら追い返された』

星弥の声がまだそばで聞こえている。

やっぱり、過去になんてできないよ。私のなかで星弥はまだ生きているのだから。

涙でぼやけ、星座がよりまぶしく感じられる。それでも、ただただ広がる星空を眺めていた。

「星弥君を驚かせたくて、照明を変えたときに作ってもらいました。おもしろい仕掛けもあるんですよ」

南の空にいくつかの流星が扇状《せんじょう》に流れた。ゆっくりと流れては消え、また生まれ消えゆく。

「これって……」

「もうすぐやってくる、やぎ座流星群のイメージです。普段なら七月末にみずがめ座南流星群とともに見られるそうですが、今年だけは違うそうです」

たしかにキレイだと思った。でも、星弥が言っていた〝星がふる〟には程遠いイメージだ。

「今年のやぎ座流星群だけは違うと、星弥君は何度も言っていました。この地方だけはふり注ぐような星が見られる、と」

「よく言ってましたよね」

ふと、ふたりで下見に行く約束をしたことを思い出した。結局、星弥の具合が悪くなり約束は果たせないまま。

こんなことになるなら、無理をしてでも行けばよかった。夜じゃなくても、流星群は見られなくても、ふたりで大きすぎる空を見たかったな……。

「きっと今年はキレイなのでしょうねぇ」

樹さんの声に、記憶の旅をやめ、人工の空を眺めた。

「星弥はこの星空を見たんですか？」

春から夏にかけての星空が、彼はいちばん好きだった。もしこれを見られたならどれだけ喜んだだろう。

暗闇のなかに並ぶ書庫は、まるでビル群。消えている照明の丸い形は、金星や水星に見える。

「なんとか間に合わせたかったのですが、結局一度も見ることはありませんでした」

さみしげな声に樹さんを見ても、どんな表情をしているのかわからない。

「間に合わせる？　じゃあ、樹さんは星弥の病気のことを知っていたんですか？」

「ええ」と声がし、星空は一瞬で天井から消えた。白い照明がついてもまだ私は動けずにいた。

「二年前の夏だったでしょうか、教えてくれました」

そんなはずはない。だって、星弥が病院に行ったのは十月だったはず。

ぶわっと腕に鳥肌が走るのを感じた。

夢での行動が、現実世界に反映されているんだ……。

夢のなかで私は、七夕の日に受診を勧め、二十二日に結果が出ていた。

「そのときはどんな病気かは教えてくれませんでした。ご両親に説明をしたい、と言う医師を無視して、しばらくはひとりで悩んでいたようです。まさかそんな大病だと思わなくて、今思えばもっと強く受診を勧めていたら、と……」

悔しげにうつむく姿を見ながらも、期待に胸が膨らむ。

夢のなかの星弥は、七月二十二日の夕刻、おばさんと私に病気を告白した。あのあと、すぐに受診をしたなら、きっと未来も変わっているはず。

今、星弥がいないのは、あの日以降なにかがあったってことだ。今夜も夢を見ることができたなら、どんな手を使ってでも調べよう。

「私……やっと不思議な夢を見る理由がわかった気がします」

「理由、と言いますと？」

夢のなかで星弥を救うことが、流星群の奇跡につながるんだ。タイムリミットの七月七日までに、きっと星弥を助けてみせる。

「夏……ですか？」

「また詳しく説明します。失礼します」

今は時間がない。一礼し、棚の奥へ向かった。左右で流れて見える本棚を抜け、星弥の読んでいた本を手に取った。

『宇宙物理学における月と星について』

これまでも何度も目にしていたはずなのに、はじめてタイトルを知った。なかのイラストがファンシーなだけにあまりに硬いタイトルに驚いてしまう。

そのまま二階へあがり、星弥とよく座っていた席に腰をおろした。その間に館内のブラインドが開き、あたりは白い光に包まれていく。

「星弥、あなたを助けたい。私にも奇跡を起こしてください」

小さくつぶやきページをめくった。

章タイトルに〝奇跡〟という文字はなかった。星弥は間もなく起きる大流星群の話をしてくれていた。ページは、たしか本の真んなかあたりだったはず。

記憶をたよりにページをめくると『流星群とは』という見出しが目に留まる。中央に太陽と地球のイラストがある。表紙と同じで絵本のようなタッチだ。淡い色の宇宙にクレヨンで描いたような太陽と地球が浮かんでいる。細かい文字で流星群について説明しているが、イラストとのギャップがやはり大きい。

必死で文字を追うものの、それまでに説明されたと思われる〝彗星〟〝放射点〟〝長周期彗星〟といった言葉の意味がわからない。つまり、書いている事柄が理解できないのだ。

「……よし」

自分に気合いを入れ、前回の続きから読むことにした。焦って先へ進めば、全部台無しになってしまう気がしたから。

ふいにスマホが震え、ラインの着信を知らせた。

画面を開くと、お母さんからのメッセージが届いている。

【学校から職場に連絡がありました。病院受診ということにしてるからね】

すぐに画面を消し、ポケットにスマホをしまう。

高校に行かなくなったことを、これまで叱られたことはない。毎朝、その日どうするかを尋ねられ、それに合わせてもらってばかり。夕飯のときは、テレビの話やお母さんのパート先での話に終始し、学校の話はしない。お父さんも同じだ。

きっと、誰もが私に気をつかってくれている。無理やり立ち直らせようとしない両親もまた、焦ることで台無しになることに怯えているのだろうか。

これまで考えないようにしていたのに、両親の思いをひしひしと感じる。

わかっている。私がしっかりしないと周りに迷惑をかけてしまうって。でも今だけは、星弥のことだけを考えていたい。

ノートを開き、前に読んだ箇所を確認していく。休憩を取ることもなく、読み進めていくと、徐々に宇宙について理解できるようになった。

果てしなく広い宇宙。そのなかに浮かんでいる地球。解明されていない謎が多いから、人は宙《そら》にあこがれ続けるのだろう。

星弥の好きな世界が少しだけわかった気がしてうれしい。『流星群とは』のページも、すんなり頭に入っていく。

『彗星が放つチリの粒がまとめて大気に飛び込んでくるんだ。チリが大気にぶつかると高温になって、光を放ちながら気化する。その光の束を流星群って呼ぶんだよ』

耳元で星弥の声が聞こえるよ。こんな難しい文章を、私にわかるようにかみくだいて説明してくれたんだね。

本の後半は、宇宙の仕組みや、世界の有名な天文台についての説明が続いた。

最後のページをめくると、右側に引用元が羅列《られつ》してあり、左のページには出版社名や発行日などが印刷されている。やはり〝流星群の奇跡〟について触れられた箇所はなかった。

もう夕方だし、今日はここまでにしよう。

本を閉じようとしてふと、〝奇跡〟という単語をどこかのページで見た気がした。

引用元が記載してあるところに、その文字はない。さらにページを戻すと、そこには『筆者あとがき』というページがあった。

あれ、こんなページさっきはあったっけ……？

ほかのページより少し大きめの文字で書かれている文章を目で追った。

筆者あとがき　作者：ツータス・パンシュ　翻訳：犬飼《いぬかい》純《じゅん》

絵本作家として活動する前は、大学で宇宙物理学の講師をしていた。どのテキストも専門用語の羅列、硬い文章ばかりで響くものがなく、講義用に自分でまとめようと思ったことが本作のはじまりである。少しでもわかりやすくしたつもりが、出版が決まってからはずいぶんと修正を迫られた。

なかでも、『わかっている事実だけを記載する』という出版社の趣旨に外れ、本編に入れることができなかった『星の伝説』についてはいまだに悔いが残る。

月や星、宇宙に関する伝説は昔から人を介し受け継がれていた、いわば歴史である。忘れもしないあれは一九六六年、私が八歳の頃の話だ。天文学者である父は『流星群を見に行くぞ』とキャンピングカーに私を乗せ、遠くアリゾナ州まで何日もかけて旅をした。スクールを休みたくなかった私は、帰りたくて何度も泣いて訴えた。そんな私に父は、人差し指を口に当ててこう言った。

『流星群は、奇跡を運んでくるんだよ』と。

出版社の意向により以後の詳細は省くが、父の目指した場所で私は十五万個もの流星群を見た。それは流星雨や流星嵐とも語り継がれるほどの数で、見られたのはアリゾナでもほんの一部の地域だったそうだ。

そして私は、あの日、たしかに奇跡を体験したのだ。

次回の大流星群は、この本が出版されてから二十年後の夏。日本のNAGANOという地域で見られるそうだ。

その頃、私はおじいちゃんになっているだろうが、もう一度あの奇跡を体験できるのなら、現地に赴きたいと思っている。

信じる人にだけしか、奇跡は訪れない。

私が体験した奇跡を、いつか誰かに聞いてもらえる日まで、私は果てしない空を見続けるだろう。

最後に、この本を手に取ってくださった皆様に御礼申し上げたい。

少しでも皆様が宇宙について詳しくなりますように。

そして流星群の奇跡があなたにも訪れますように。

【夢④】

「別れよう」

星弥がそう言ったとき、私はまだ笑っていたと思う。

それはロビーで会ったおばさんに、星弥が高校に合格したことを聞いたばかりだったから。はしゃぐ私とは反対におばさんは泣いていた。きっと、うれしくて泣いているんだと思い、急いで星弥のいる病室へ来た。

よかった。『大事な話がある』なんてラインが来てたからドキドキしてしまった。

星弥は入院着である薄いブルーの服で、前よりも少し元気そうに見えた。

私は『おめでとう』をくり返し、個室じゃなかったら周りの人に怒られるだろうってくらいはしゃいだ。

そんな私に、星弥は別れを切り出した。

笑みを消す私に星弥はうつむいたまま「ごめん」と言ったきり黙ってしまった。

この場面を、前にも体験したことがある。

……そっか、これは夢だ。

病院に呼ばれた私は、星弥から別れを告げられたんだ。おばさんが泣いていたのは、彼の病気を知ってしまったから。きっと星弥が自分の口で伝えるために口留めしていたんだろうな。あのときは気づかなかったけれど、今ならわかる。

そして私は、そのまま病室から飛び出し、ロビーで泣いているおばさんに星弥の病気のことを聞いた。

『治らないの』『発見が遅かったみたいで』『治療は気休めだって』

いろんな言葉が頭でぐるぐる。それから私は三日間泣いて、次の日から毎日のように病院へ行った。親にも事情を話し、学校を休むようになった。

〝すい臓がん〟という病気について調べたりもした。

別れを告げられても顔を出す私に、星弥はなにも言わずあきらめたように受け入れてくれた……。

「ああ……」

ため息は、別れを告げられたせいじゃない。この時点での入院は、現実と同じだから。

流星群は奇跡を運んでくれるはずなのに、どうして?

右手を開いたり閉じたりしてみる。大丈夫、ちゃんと動かせている。スマホを開くと、今日は十月二十五日と表示されている。日記アプリを開いても、前と同じことが記してあるだけ。

「星弥、あのね……」

「ごめん」

「違うの。七月に病気のことがわかったよね？　あのあと、すぐに病院へ行かなかったの？」

おばさんと一緒に主治医の説明を聞く予定だったはず。樹さんにも相談したはずなのに、どうして？

星弥はしばらく黙っていたが、

「不思議だったんだ」

と、つぶやくように言った。

「不思議？」

「月穂に病院を勧められて、ひとりで受診したら病気が発覚して……。あの夜、ふたりにも説明したはずなんだ。総合病院へも行かなくちゃならなかったし。でもさ、ふたりとも翌日にはすっかりそのことを忘れてたんだ」

「え……？」

星弥は眉をひそめて「覚えてない？」と尋ねるけれど、どう答えていいのかわからずあいまいに首をかしげた。

「だからあれは俺が見た夢だったのかな、って。親も月穂も俺の病気のことは忘れているみたいだった。樹さんに相談したけれど、なかなか決心がつかなくって、病院から親にばらされて検査入院した、って感じ」

そっか、とようやく理解する。

夢の世界ではもうひとりの私やおばさんがいるんだ。星弥の告白を聞いたときに意識が入れ替わっていたせいで、病気のことを知らないままなんだ。だから夢のなかでどんな行動をとっても、私やおばさんの記憶に残っていないんだ。

はらはら、と希望がはがれ落ちていく。

――私のせいだ。

あのあと翌日の夢を見ることができていれば、強引にでも入院させられたはず。もしくは、夢の終わりに日記アプリにでも記しておけばよかったんだ。

【星弥を病院へ連れていってください】と書けば、過去の私は従ったかもしれない。やっと気づいたのに、もう遅い。今さら日記アプリを更新したって、病気の発見を早めることはもうできないんだ……。

涙が勝手にこぼれていく。せっかくのチャンスを無駄にしてしまった自分が許せない。

「困ったな。泣かれると別れにくいよ」

こんなときなのに、星弥は冗談めかして別れを口にしている。わかっている。彼は弱っていく自分を見せたくないんだって。

記憶の底に封じ込めたはずの悲しい思い出があふれてくる。気をゆるめれば今すぐにでも病室から飛び出してしまいそう。それくらい、あの日の私は絶望に打ちひしがれていた。

でも、もう私は逃げたくない。あきらめたくない。

「私、別れないから」

涙を拭い、はっきりと伝えた。

「そんな簡単に星弥を好きになったわけじゃないから」

「気持ちはわかるよ。でも、俺は推薦で合格したけれど月穂はまだ受験生だし。それに、やっぱり俺たち、違う高校に行ったほうがいいと思うんだよ」

「私のことが嫌いになったの？」

「嫌いだよ」

視点を掛け布団に合わせたまま星弥はウソを口にした。

「……本当に？」

一瞬顔をあげた星弥が、気弱にまた目を伏せる。点滴台がぐにゃりとゆがむのを見て、夢が終わろうとしているのがわかる。

でも、このまま終わらせたくない。きっとまだ手はあるはず。

「私は別れない。どんなことがあってもそばにいる」

「ストーカーじゃん、それ」
「そう思われても構わない。だって、この夢に意味はあるから」
周りがどんどん暗くなっていく。
「夢？」
きょとんとする星弥がやっと私に顔を向けてくれた。少しやせたけれど、ほかには
なにも変わっていないように見えた。なのに、病気は彼の体をむしばんでいる。
前みたいに、ただ泣いているだけの私は、もう終わり。
「これは夢の世界なの。もう一度星弥を助けるために、流星群がくれた奇跡なんだよ。
星弥を助けたい！　そのためならなんだってやるんだから！」
黒色に塗りつぶされていくなか、必死に叫んだ。あふれそうになる涙をぐっとこら
えて。
ああ、神様。もう一度七月に戻してください。今度こそ、星弥の病気を早く治せる
ようがんばるから。だから、もう一度七月に！
ギュッと目を閉じて祈ると、周りの空気が変わるのがわかった。ざわめきが少しず
つ近づいてくる。
そっと目を開くと、病院の一階にある自動販売機の前に立っていた。取出口には星
弥の好きなコーヒーがあった。

まだ、夢のなかにいるんだよね？

今は……何日なのだろう？　星弥がはじめて病院に来た日に戻れたなら……。

自動販売機の隣にある三人がけのソファに腰をおろす。缶コーヒーをギュッと握ると、あたたかさが肌に伝わってくる。首に巻いているマフラー。目の前を歩くお見舞いと思われる親子連れは、コートを手にしている。夏じゃない……。

絶望感に襲われながらスマホを取り出すと、そこには十二月二十二日の文字があった。

前の夢からまた三カ月も経っているの？

「どうして……？」

七月に戻りたかったのに、どんどん夢のなかの時間が進行してしまっている。

まるで説明書のないゲームをやっているみたい。もう一度、最初からやり直したいのにどうしてうまくいかないの？

「月穂ちゃん」

いつの間にか、おばさんが目の前に立っていた。

「おはようございます」

私の口が勝手に挨拶をした。今は、朝なのだろう。

おばさんは「ごめんね」と謝ると私の横に座った。

「これから行ってくるから、星弥のことよろしくね」

「静岡県《しずおか》ですよね？」

「菊川市《きくがわ》に有名な専門医がいて、話だけでも聞いてくれるそうだから……。流星……

あ、星弥の兄もついてきてくれるんですって」

見ると、遠くにぽつんと立っている男性がいる。流星さんとはお葬式ではじめて
会ったと思っていたけれど、思い返せばこんなことがあった。

「今、星弥は？」

「不機嫌な顔で病室にいるわよ。二度目の入院も長引いているし、仕方ないんだけど
ね……」

疲れた横顔で私を見て、おばさんは首を横に振った。

「月穂ちゃんも受験で大変なのに、本当にごめんなさい」

「いいんです」

あのときもこんな感じで答えたっけ。今思うと、少しそっけない気がしたので言葉
を追加する。

「うちは両親ともに放任主義ですから。私、星弥が治るって信じて、これでも一生懸
命勉強してるんです。こないだ、A判定もらったんですよ」

明るく言うと、おばさんはうれしそうにほほ笑んだ。

「A判定なんてすごいじゃない。そうね、前向きに考えなくちゃね」

「はい。だから私は好きなようにお見舞いに来るつもりです」

あの頃は自分のことで精いっぱいで、おばさんを気づかう言葉をかけてあげられなかった。星弥に会いに来ても、まるで病気のことは口にしてはいけないルールがあるかのように、私は学校の話ばかりしていたっけ……。

「月穂ちゃんのお母さんも同じことを言ってたのよ」

「え？　どういうことですか？」

「実はね、昨日月穂ちゃんのお母さんにお会いしたのよ」

急におばさんがそんなことを言うから驚いてしまう。こんな展開は、現実にはなかったことだ。ひょっとしておばさんが、また夢のなかに入ってきたの？

「二度目の入院は長引きそうなの。だから、月穂ちゃんの時間もたくさんもらうことになるでしょう？　先に謝っておこうと思って、月穂ちゃんが学校に行っている間におうかがいしたのよ」

全然知らなかった。お母さんは、ひと言もそんなこと言ってなかったのに。

「月穂ちゃんのお母さんね、こう言ったの。『月穂がしたいようにやらせたいんです。高校だってほかのところでも構わない。あの子があの子らしくいてくれれば、それだけでいいんです』って。……素敵なお母さんね」

ジンと胸の奥が熱くなった。星弥の入院中も、亡くなったあと学校を休みがちになっても、お母さんはずっと見守ってくれていたんだ……。

おばさんが何度も頭を下げて去っていったあと、ひとりエレベーターに乗り込んだ。

ようやくこの頃のことが思い出せた。検査入院と初期治療を終えた星弥は、十一月半ばから自宅療養をしていて、今日から再び治療のため入院した。

十階にある病棟へ足を踏み出すと、ナースコールの音や足音、食器を載せたワゴンの音が入り混じっていた。

星弥の個室をノックするが、返事がない。

そっと開けると、星弥は眠っているようだった。ベッドの横の丸椅子に腰をおろし、穏やかな寝顔を見つめる。窓からの朝陽でキラキラと水のなかにいるみたい。

この時期以降は苦しい記憶ばかりだったはず。なのに、こんなにゆっくりとした時間も存在していたんだね。

星弥、ねえ先に逝かないで。なんとか死を回避する方法を探すから、ずっとそばにいて。

星弥がいない毎日は、星を失くした夜みたいで暗いの。うまく歩けずに迷ってばかり。

「星弥のことが好き」

小声でつぶやく。ううん、これじゃあ伝えてないのと同じだ。一度も自分から言えなかった〝好き〟という言葉を、ちゃんと伝えなくちゃ。

そっと指先で頬に触れると、彼の体温が感じられる。規則正しく上下する胸、呼吸、流れる雲、白い部屋。全部がリアルなのに、これは夢のなかの話。

そういえばここに来ていたときは、ずっと無理していたんだな。元気でいつもと変わらない私を演じることで、心配させないようにしていた。

家でも学校でもそうだった。星弥が亡くなってからも、そのクセだけが残ったんだ。

「星弥」

そっと声をかけると、まぶたがピクッと動いた。ゆっくり目が開き、私を確認してうれしそうにほほ笑んだ。

「月穂。来てたんだ？」

「うん」

それから星弥は、窓からの光に目を細めた。

「寝ちゃったか……。薬のせいか、すぐ寝ちゃうんだよな」

上半身を起こした星弥は、さっき見た夢よりずいぶんやせていた。毎日会っていたときはわからなかったけれど、病状の進行はこんなところにまで表れている。

「抗がん剤の治療、はじまるんだよね？」

自分の気持ちがそのまま言葉に変換された。あの頃は一度もしなかった質問に、星弥は一瞬言葉に詰まった。

「……厳密に言うと二回目。今回のはかなりキツいらしい。それより、空翔は元気？あいつ、全然見舞いにも来なくってさ」

「今、痛みはあるの？」

「痛み止め出てるから平気。てか、もうすぐ冬休みだな。受験のほう大丈夫？」

「気持ち悪さは？　ご飯はちゃんと食べ――」

「やめろよ」

怒鳴るでもなく、切り捨てるような口調だった。言ったあと、星弥はハッとしたように顔を背けた。

「そんな話……したくない。いつもみたいに普通の話、しようか」

今になってやっとわかった。私だけじゃなく、星弥も逃げていたんだ。悲しみに支配されないよう、ふたりで楽しい話題ばかり選んでいたんだね。

そっぽを向く星弥に「ねぇ」と声をかけた。

「私、星弥が言ってくれたこと、本気で信じてるの」

反応がないけれど、私は続けた。

「〝流星群は、奇跡を運んでくれる〟って言葉。星弥が教えてくれたんだよ」

「奇跡……か」

窓の外を向いたままで星弥は少し笑う。

「奇跡は信じないと起きないんだよ。私、もう逃げるのはやめたの。明日になったらまた気弱な私に戻ってるかもしれない。でも、今だけは星弥のためになんでもやりたいの」

掛け布団に手を置き身を乗り出す私に、星弥はうつむいた。しばらく経ったあと、星弥はぽつりと言う。

「俺だってわかってるよ」

両手で顔を覆う星弥。泣いているのかと思ったけれど、ぱたんと手をおろした星弥はさみしげに目を伏せていた。

「奇跡を信じたい。でも、負けそうになる。悔しいけど、あきらめそうになる」

「星弥……」

「俺以外の人は幸せなんだろうな、とかさ……。情けないよな」

星弥の本音を知った。現実世界ではこんな言葉聞いたことがなかった。最後まで強かった星弥も、心のなかで苦しんでいたんだ。

当たり前のことなのに、あの頃の私は自分のことで精いっぱいだった。

もっと強くなりたい。ただ奇跡を信じるだけじゃなく、行動で示したい。

「私、思うの。負けそうになるのは、勝ちたい気持ちがあるから。悔しいのは、がんばっているから。あきらめそうになるのは、あきらめたくないから」

「……だな」

「ひとりじゃないよ。私がいる。それに流星群もきっと星弥の応援をしてくれてる」

だから星弥、がんばって。あきらめないで。

しばらく沈黙が続いた。廊下からアナウンスの声が小さく聞こえている。

「……ちっちゃいんだよな」

やがて星弥が言った。

「こんな高い場所にいるのに、見える空が小さすぎるんだよ」

目線の先にある青空は、四角くくり抜かれている。星弥はベッドから起きあがると、窓枠に手をかけ斜め上に顔を向けた。

「夜になってもさ、ここからじゃちょっとの星しか見えない。月だって、はしっこが気持ち程度に見えるくらいだし」

体ごとこっちを向いた星弥が、私を見て笑った。

「抗がん剤治療、明日から強いのになるんだ。そうしたらいろいろ副反応が出るってさ。今だって吐きそうでたまんないのに、なんでやるんだろうな」

「星弥……」

「月穂はもう来なくていいよ。俺たち、別れたんだし。それに、みっともないところ見られたくないんだよ」

二度目の別れは、現実でもあったこと。そっか……十二月のことだったんだ。あの日の私は、なにも言えなかった。

そのあとしばらく会いに行けなかったけれど、年始に決心して、おばさんに連れていってほしいとお願いした。彼はなにも言わなかったけれど、拒否もしなかった。

星弥の気持ち、わかるよ。だけど、だけど……。

「バカ」

こぼれた言葉に、星弥はギョッとした顔になった。でも、私がいちばん驚いている。

私、今……怒ってるんだ。

「星弥のバカ。星弥の具合が悪くなってから、私ずっとひとりでてるてるぼうず作ってるんだよ。星弥が奇跡の話をしたからじゃない。七百個作れって言ったじゃない。なのに、ひとりであきらめるなんてバカだよ。別れた、ってなによ。そんなの星弥の一方的な意見じゃない！」

どんな運命が待っていても負けない。星弥を助けられるその日まで絶対に戦うんだ。

「星弥も流星群の奇跡を信じてよ。ふたりでがんばろうよ」

気圧されたように星弥は目をぱちぱちとしてから、ゆっくり両手をあげた。

「降参します。てか、月穂ってすごいな……」

「すごくない。ただ、夢の世界を信じたいの。意味があるって思いたいの」

言ってから気づく。星弥には意味がわからないことだって。

もう一度空を見てから星弥は言った。

「今日はさ、検査がないんだ」

「……え？」

「さっき、なんでもやるって言ったよね？　俺、行きたい場所があるんだ」

思い出した。この日、私が泣いて帰ったあと、星弥は空翔とどこかへ出かけたんだ。

途中で具合が悪くなった、ってあとから空翔に聞かされたっけ……。

「どこへ……？」

不安な気持ちで尋ねる私に、星弥はいたずらっぽく笑った。

バスのなかは、暖房のせいで窓が曇っていた。

隣に座る星弥は、誰が見ても病人には見えないだろう。

「ありがとな」

「ううん」

短い会話の途中、星弥は私の手を握った。

「何度も別れる、って言ってごめん。月穂につらい思いをさせたくなかったんだ」

「知ってるよ。でも、現実世界の私に今日の記憶はないと思う。よかったら明日電話してあげてくれる?」

「え、それって……」

「ややこしいから質問はなし。とにかくお願いね」

「わからないけどわかったことにしとく」

バスは高校や図書館の前を通り過ぎ、山道を弧を描いてのぼっていく。もう、乗客は私たちだけだった。

停車ボタンが押されたのは、終着点である『天文台前』だった。

バスをおりると、冷たい風が攻撃してきた。

「寒い! けど、空が広い」

はしゃぐ星弥の向こうに、天文台らしき建物があった。クリーム色の建物の上部にはあまりにも大きい丸いアンテナがいくつも空に向けて建っている。

まだ山が続いているから、ここは頂上ではなさそう。

「ここなら流星群は見られる。再来年の七夕の日はすごい人が集まるはず。けど、俺調べによると、若干高さが足りなくて角度も悪いんだよ」

そういえば……と改めて記憶を掘り起こす。星弥は空翔と下見に出かけ、帰り道で具合が悪くなったらしい。たしか、頂上から星弥をかついでここまで下りてきて救急車を呼んだと聞いた。

なんでここに来るまで忘れてしまっていたのだろう。だとしたら、早めに切りあげたほうがいい。万が一具合が悪くなったとき、私ひとりで対応できるとは思えない。

「月穂、こっちの道。ちょっと登山みたいになるけど、頂上まで行けばすごい空が見えるから」

脇道へ進もうとする星弥に「待って」と声をかけた。

このまま行ってはリスクが高すぎる。なにか起きたとしても、星弥が無事に病院へ戻れるようにしなくちゃ……。

あたりを見回していると、天文台の入口に人の姿が見えた。

「ここで待ってて」

「え、なんで。早く行こうよ」

「いいから待ってて。お願いだから」

そう言う私に星弥は肩をすくめた。

「なんか月穂ってたまにうちの母親みたいになるよな」

聞かなかったことにして、天文台の入口へ向かった。近づくと、その人が白衣を着ていることがわかった。さらに近づけば、若い女性だということも。髪をひとつにしばり、難しい顔で空を眺めている。背はそんなに高くないけれど、白衣越しでもスタイルがいいのはわかる。

私に気づいた女性が眉をひそめた。

「あんた誰？」

見た目はキレイなのに、男っぽい性格らしい。口を一文字に結んでいる女性に頭を下げた。

「あ、すみません。白山月穂と言います」

「中学生でしょ。こんなとこでなにやってんの。ここは関係者以外立ち入り禁止。そこにもでっかく書いてるでしょ。勝手に入らないで」

言うだけ言ってプイと背を向けた女性に「あの！」と叫んでいた。

「お願いします。頂上まで行きたいんです」

「は？」

片方の眉をひそめた女性が、あごで星弥のいるあたりを示した。

「だったらあっこから歩いて行けるよ。二十分とか三十分とか歩けば勝手に着くから」

もういいでしょ、と言わんばかりに顔を近づける女性に、

「一緒に……行ってもらえませんか？」

恐る恐る提案した。

女性は言われた意味がわからないようでしばらく眉間のシワを深くしてから、「はあ!?」と叫んだ。

「なんであたしがついていかなくちゃいけないのよ。子供のデートにつき合ってるほどヒマじゃないの。ていうか、学校はまだ冬休みじゃないでしょう？」

「はい」

うなずく私に女性はハッと目を開いた。

「まさかとは思うけど……自殺とかするんじゃないだろうね。そんなの困るんだよ」

両方の腰に手を当てる女性の胸元に〝溝口《みぞぐち》〟というプラスチック製のネームプレートがついていた。

「違います。彼の……友達の体調が悪くって、病気なんです」

「だったら帰れば？」

「どうしても頂上に行きたいんです。お願いします」

何度も頭を下げる私に、溝口さんはあきれ顔でおでこに手を当てた。

「ちょっと考えてみるから待っててね。うーん……はい、考えたけど無理！　ということで、さよなら」

と言って、入口のドアを開けてなかに入ろうとする。

「待ってください。どうしても流星群の奇跡を起こしたいんです！」

足音がしてふり向くと、星弥がそばまで来ていた。

「どうかした？　早く行こうよ」

「待って、あの……」

もう一度女性に目を向けると、彼女はじっとこちらを見ていた。さっきとは雰囲気が違う。赤い口紅を塗った唇がゆっくりと開いた。

「今……流星群の奇跡って言ったの？」

「……はい」

「どうしてそのことを知ってるの？　なにかで読んだ？　どこで知ったの？」

矢継ぎ早に質問してくる溝口さんに、タジタジになる。

星弥がひょいと顔を出した。

「本で読んだんです。ツータスって人が書いた本。ひょっとしてお姉さん……溝口さんも知ってるんですか？」

ひゅうと風が私たちを煽《あお》るように吹く。夢であることを忘れるくらい、冷たい風だった。

「ツータス・パンシュの本を読んだんだね？」

溝口さんは重い口調で静かに答えると、しばらく迷ったようにドアを見やった。

星弥と視線が合う。彼は笑みを浮かべたまま首を軽くひねっている。

「……ここで待ってて」

そう言ったあと、溝口さんは今度こそドアの向こうへ消えた。

「今、なにを頼んでたの？　俺、全然歩けるからふたりで行こうよ」

「うん。でも……」

どうすればいいのだろう？　現実世界では空翔とここに来ているはず。今からでも空翔に応援を頼もうか……。

「あれ？」

星弥が指さすほうを見ると、小さな車が近づいてくる。軽自動車よりももっと小さい緑色の車だった。エンジンの音さえなく、すっと私たちの前で停まった。

運転席に座っているのは溝口さんだった。窓を開けると「乗って」と短く言った。

「え、送ってくれるんですか？」

うれしそうに星弥が後部座席に乗り込んだ。

「三人乗りなの。あなたは前へ。ほかのスタッフが出勤してくる前に、早く」

助手席に乗り込みシートベルトを締めると、車は音もなく走りだした。

「ありがとうございます」

お礼を言う私に答えず、溝口さんはうしろで窮屈そうに体を縮めている星弥に「ねえ」と声をかけた。

「さっきの話だけど、あれって『宇宙物理学における月と星について』のことだよね？」

「そうそう。溝口さんも知ってるの？」

運転席と助手席の間ににゅっと顔を入れた星弥がうれしそうに言った。

「敬語を使いなさい。これでもあたし、三十二歳なんだから」

「はい、すみません」

「質問に答えて。車だとあっという間に頂上に着くから」

車はどんどん山道をかきわけるように登っていく。急な勾配《こうばい》が続き、歩かなくてよかったと思った。

「その本に書いてあったんです。流星群は奇跡を運んでくる、って。ネットで調べてもそのことについて書かれているものはなかったけど、俺、ウソじゃないって思えたんです。直感ですけど」

小さい手でハンドルをさばきながら、溝口さんはバックミラーをチラッと見た。

「そう……」

小さく咳払いをしたあと、溝口さんは前を見つめたまま言った。

「あたしも信じてる。信じてるからこそ、ここでおっさん連中にまみれて働いてる。でも、あの本のことを知ってる人にははじめて会った」

やっと私を見た溝口さんが「名前は白崎《しろさき》さんだっけ?」と尋ねた。

「白山です。白山月穂。うしろにいるのが――」

「皆川星弥。あ、星弥です」

言い直した星弥に、溝口さんがふっとほほ笑んだ。

「溝口遥《はるか》。天文台の職員よ。二年後の大流星群の研究をしているの。といっても個人で勝手に調べているだけでほかの職員は知らない。あいつら、マジうざいんだよね。狭い世界でいばってばっかりでさぁ。だから専門職って苦手なんだよ」

怒りのままアクセルを踏んだのだろう、車のスピードがぐおんとあがった。

「きっとそのうちニュースでもやりだすよ。観光客が押し寄せたらどうしてくれるんだよ、まったく」

急に道が開け、フロント越しに空が広がった。頂上に着いたみたい。

教室くらいの広さの土地には枯草が敷き詰めるように生えている。ほかにはなにもなく、まるで空への入口みたいに思えた。

車が停まると、真っ先に星弥がおりて駆けていく。

「こら、走らない。柵とかないんだから危ないよ!」

溝口さんが窓から顔を出して怒鳴った。

星弥は中央付近で立ち止まると、肺いっぱいに空気を吸い込むようにして両手を広げた。彼の周りには空の青だけがあり、まるで絵画のように見えた。

「ねえ」

溝口さんが目線を星弥に向けたまま言う。

「星弥君だっけ？　あの子が病気なの？」

「……はい」

「それってすごく悪いの？」

答える前に視界が滲んだ。泣かない、って決めたはず。

「そうなんです」と、歯を食いしばり答える。

「そっか……」

溝口さんがシートの背もたれを倒した。

「じゃあ、あんたが望む奇跡ってのは、彼の病気を治すことなんだね」

「奇跡は本当に起きるのでしょうか？」

私がいくら夢の世界で過去を変えても、目が覚めれば軌道修正されてしまう。だったらずっと夢の住人のままでいいから、もう一度夢の最初からやり直したい。

「本に書いてあったろ？　あたしたちは信じることしかできない。あの子、めっちゃ信じてそうだね。ほら、行ってやんなよ」

「あ……」

寝転んでいる溝口さんを見ると、彼女は目を閉じてうなずいた。

「待ってるから。でも十分間だけね。遅番のおっさんが登場しちゃうからさ」

「ありがとうございます」

外に出ると、さっきよりも空気が冷えていた。ところどころ雪が積もっていて、コートを着ていても寒さが這《は》いあがってくる。

星弥の姿がない、と思ったら、彼は枯草の上に倒れていた。

「星弥！」

駆けつけると、星弥は空をぼんやり眺めていた。

「星弥……」

「あ、月穂。ほら、横になってみて」

空に視線をやったまま星弥が言った。素直に横になると、あまりにも大きな空が視界いっぱいに広がっていた。

「キレイだね……」

「ああ」と答えたあと、星弥は空に両手を伸ばした。なにかをつかむような仕草をしてから、ぱたんと腕をおろす。

「すごいよな。空が落ちてきそう」

星弥が言うなら、本当に空だって落ちてきそう。

「俺、昔から不思議だった。空ってあんなに広いのにさ、宇宙はもっと広くて深くて無限なんだって」

「うん」

「人は死んだら星になるって言うけどさ、広すぎる宇宙空間で名前も知らないような星になっちゃったら、地球にいる月穂のこと見つけられないかも」

「やめてよね、そんな話。それより、学校でね——」

冗談めかせて別の話題にしようとする私の手を、星弥はギュッと握った。

「逃げないで。俺も逃げないから」

「星弥……」

悲しい瞳に青空が映っている。

「抗がん剤治療をしても、少し余命が伸びるだけなんだって」

この話は、おばさんから聞いた。あれは、次の春頃のことだったはず。きっとギリギリまでおばさんは黙っていたのだろう。

「そんなのわからないよ」

「わかるんだよ。自分の体だからわかる。月穂に伝えたかったけど、ほら……違う話でごまかそうとしてばっかだしさ」

私がその話題を避けていたことなんて、とっくに星弥にはわかっていたんだ……。

「俺も同じ。自分のことだって認めたくなかった。でも、今は違う」

それから星弥は目を線のようにして笑った。

「誰かにこの場所を教えたかった。月穂が無理なら空翔に、って。でも、月穂が一緒に来てくれてよかった。もう、思い残すことがなくなった」

静かに目を閉じる星弥。

本当は泣いてしまいそう。泣きたい。思い切り泣いて、悲しみを空に逃がしたい。

でも、星弥が悲しむことはしたくない。

「そんなこと言わないでよ。私は奇跡を信じてるんだから」

ふっと星弥の口元がゆるむ。

「俺も信じてるよ」

「だったら――」

「奇跡の内容は、俺が助かるとかじゃないと思う」

ゆっくり体を起こした星弥が私を見つめた。

「二年後に俺はもういない。それでも七夕の夜、てるてるぼうずを持ってここに来てほしい。きっと、流星群が奇跡を運んでくれるから」

風が彼の前髪を躍らせる。

そう、本当の日々のなかに、彼はもういない。私は夢のなかで星弥に会え、奇跡を起こそうとしている。だけど時間だけが過ぎていき、結局はもとの運命をなぞっているだけ。

山の上にいるのに、海の底で溺れているみたい。星弥がいない世界での苦しみは、それこそ宇宙みたいに広くて深い。無限の悲しみを引きずって生きている。

「わかった」

にっこり笑って言えた自分を褒めてあげたい。立ちあがった星弥が手を差し伸べてくれた。

「三六五個」

星弥が言った。

「なにが？」

「てるてるぼうずの数。今日から二年後の七夕までだと軽く五百個は必要だけど、まけてもらって一年前から晴れを願おう。俺も作るからさ」

歩きだす星弥に文句を言う。

「三百六十五個なんて、いくらなんでも多すぎない？」

「願掛けにはそれくらい必要だって。当日は、いちばんうまくできたやつを持っていこうか」

「わかった」

「まだまだゴールまでの道のりは遠いからがんばらないと」

「だね」

「俺のこと、好き？」

思わず足にブレーキをかけた。

「急に……」

「だってずっと言ってくれてないじゃん。待ってるんだけどな」

ニヤニヤ笑う星弥の顔色が悪い。具合、悪いのかな……。

「ちゃんと治ったら言う。それまでは言わないから」

唇を尖らせた星弥が肩をすくめた。

「ま、いいや。半分は叶ったし」

「へ？」

「さっき病院で言ってくれたじゃん」

さっき、って……。そうだ、寝てる星弥に言ったんだった。

「ひどい、寝たフリしてたの!?」

「ちょっと前に起きたんだよ。そしたら、言ってくれたからさ。今度は目が覚めているときにしてほしいな」

慌てふためいていると、車の窓から溝口さんが「時間！」と叫んだので車に急ぐ。

車に戻ってからも星弥はニコニコしていた。

「溝口さんのおかげですよ」なんて上機嫌。車に乗せてもらっているおかげで体力が残っているんだろうな。

車をおり、お礼を言うと溝口さんは白衣を風に預けながらうなずいた。

「今回は特別。次はないから」

「はい」と答える星弥。私も大きくうなずいた。

「よろしい。あ、ひとつ教えておく。二年後の流星群は、きっとすごい人が押し寄せてくると思う。さっきの道も草木で覆ってわからなくするつもりだから」

「え……」

行けなくなるのは困る。表情を曇らせる私に溝口さんはニカッと笑った。

「はじめての人があそこに行ったら危ないからね。あんたたちなら大丈夫。入口の場所だけしっかり覚えておきなさい」

こういうことも目覚めてしまったら、夢のなかの私は忘れてしまうのだろうか。

「本当にありがとうございました」

「いいって。ほら、お迎えが来たよ」

あっさりとドアの向こうに消えた溝口さんを見送ってからふり返る。てっきりバスが来たのかと思ったら、見知らぬ車が駐車場に滑り込んでくるところだった。

「あれぇ、空翔じゃん」

星弥が車に駆け寄ると、助手席から空翔が顔を出した。運転席にいるのは見知らぬ男性。

「空翔じゃん、じゃねーよ！　勝手に病院を抜け出してなにやってんだよ！　みんな大騒ぎしてるんだぜ」

空翔は見たこともないくらい怖い目でにらんでくる。

「お前、彼女だろ！　なに勝手なことしてんだよ！」

「あ……ごめんなさい」

「まあまあ、怒るなって。俺が無理やり誘ったんだしさ」

間に入る星弥のこともギロッとにらんでから、「んだよ」と空翔はぼやいて運転席を見やった。

「俺のおやじ。仕事中抜けて探してくれた」

運転席に回った星弥が、

「すみません。ありがとうございます」

とお礼を言っている。向こう側の木々が風に大きく揺れている。いや、違う。景色自体がゆがんでいるんだ。夢が、終わりを迎えようとしているんだ。

もう一度、頂上へ続く道を確認した。

明日からの私は今日のことを覚えていないかもしれない。でも、これから目覚める私に、この記憶が上書きされるはず。

ああ、星弥。もう少しそばにいたい。

奇跡を信じるから、どうかもう少しそばに――。

【日記アプリ】

10月26日　□晴れ　☑曇り　□雨　□雪　□その他
昨日、星弥から別れを告げられた。
彼は病気だって。治らない病気だって。
なんにも言えなかった。
さっきまで泣いて泣いて泣いた。
泣いても泣いても涙は枯れない。

10月29日　□晴れ　☑曇り　□雨　□雪　□その他
星弥に会いに行くことにする。
怖いけど、やっぱりそばにいたい。
星弥を支えてあげたい。学校は休んだ。

12月22日　☑晴れ　□曇り　□雨　□雪　□その他
おばさんが静岡県にある病院の先生に会いに行った。星弥とケンカみたいになってしまい自己嫌悪。二度目のさよならを言われた。

夜になって空翔から連絡。私が帰ったあと、星弥に頼まれてどこかに出かけたみたい。
そこで具合が悪くなり救急搬送されたって……。今は安定しているみたいでよかった。
「親友なのになにやってるのよ！」と、ひどい言葉を空翔にぶつけてしまった。
私こそ恋人なのに、なにやってるんだろう。

2月5日　□晴れ　□曇り　□雨　☑雪　□その他
抗がん剤の治療が終わった。星弥は自宅に戻ったみたい。
「会いたくない」と言われた。
おばさんがあとで電話をくれた。副反応で髪の毛が抜けてしまった、と。
会えなくてもいい。彼の命が助かるなら、どんな苦しいことでもがまんできる。
星弥の苦しみを、私が少しでも代われればいいのに。

【第五章】夢にも思わない

七月三日、曇り。

テストの途中で雨がふりだした。あと四日で流星群がやってくるのに、週間天気予報にはカサと雲のマークが並んでいる。せめて、流星群が見られる時間だけでも晴れてほしい。

あれから、星弥の夢は見ていない。

日記アプリは、星弥から別れを告げられた内容のままで、私たちがあの山頂に行ったことも上書きされていなかった。

仮想空間を体験しているみたいな気分。

「いきなり初日から難しかったねー」

前の席にどすんと座った麻衣。もらったノートのおかげで赤点だけはまぬがれそう。

「このあとどこか寄ってく？　月曜日は数学Ⅰがあるし、対策必要だと思うんだよね」

「あ、ごめん」

夢のなかで星弥から言われた〝てるてるぼうず作り〟は、まったく進んでいない。

星弥がいなくなったあと、お葬式でおばさんが渡してくれたのが三十個。夢を見てから自分で作ったのが二十個。徹夜しても三六五個を間に合わせるのは難しいかもしれない。

断るのがわかっていたように、麻衣は「わかった」と笑った。

「あの約束は覚えてるよね？　テストが終わったら全部話してくれるってやつ」

「ああ、うん……」

「うわ。なんか話してくれなさそう」

「えー、そんなことひと言も言ってないよ。話す話す、絶対に話すから」

わざと明るく振る舞ってくれていること、わかるよ。私もそうだったから。

気づくと、あの夢を見て以来、どんどん素の自分に戻っている。

麻衣は軽くうなずくと私の手元を見やった。

「こないだから作ってるてるてるぼうずについても、そのとき話してくれるの？」

机の上にはティッシュ箱と紐とマジックが置いてある。テスト勉強もしないでてるてるぼうずを作る私を、クラスメイトは不思議そうに見ていた。

星弥との約束を守りたい一心で作っているけれど、傍から見れば奇妙すぎる光景なんだろうな……。

「うん、約束する」

「手伝ってもいい？」

「……うん」

麻衣は「やった」と口のなかで言うと、手際よくティッシュを丸めていく。

「こういうの得意なんだ。あ、目だけは月穂が描いてね。てるてるぼうずは、目を描く人の願いが込められるって言うからさ」

麻衣にとってはわけがわからないことのはずなのに、楽しそうに手伝ってくれている。

話をするのは、流星群が消えたあとと決めていたけれど、それって正しいことなのかな……。そんな考えがふと頭に浮かんだ。

どんなときでも私を信じ助けてくれた麻衣。すべてが終わったあとに話をするのは、違う気がした。

「麻衣。これから話をしていい？」

「無理しなくていいよ。大丈夫大丈夫」

ティッシュをお団子みたいに丸めて麻衣は笑う。

「全部は話せない。きっと意味がわからないと思うから。でも、麻衣に聞いてほしい」

麻衣の指先が一時停止ボタンを押したように止まった。ゆっくり目線を合わせた麻衣の瞳に涙が浮かんでいた。

「……いいの？」

「どうして麻衣が泣くのよ。まだ話もしてないのに」

「ううん、なんだかうれしくって。すごくうれしくって……ありがとう」

洟《はな》をすする麻衣の向こうで、深川さんがこっちを見ていることに気づいた。なんだかヘンな顔をしている。松本さんは残って勉強をするらしくノートになにか書いている。

場所を変えて話したほうがいいのかもしれないけれど、せっかくの決心が揺らぎそうで怖かった。話すなら今しかない。

小声で「あのね」と口を開いた。

「中学生のときに恋人がいたの。皆川星弥っていう名前でね――」

名前を口にすれば、胸の奥がチクリと痛んだ。

「彼は推薦でこの高校を受験して、私は一般入試で。ふたりとも合格したの」

「え……そんな男子、いる？」

不安げに麻衣の瞳が揺れた。

「いない。結局、星弥は一度もこの高校に来られなかった。病気が発覚して、進行して……。あ、すごく悲しい話だから、ここでやめる？」

ブンブンと麻衣は首を横に振った。

窓の外に目をやった。あの日と同じ、針のように細い雨がふっている。

「星弥は……去年の七夕の日に亡くなったの」

言葉にしてはダメだ、と自分のなかの誰かが叫んでいる。思い出したくないよ、と。

忘れたいんだ、と。

でもこのままじゃ、奇跡は起きない。私が過去を受け止めないと、この奇跡に続きはないと思えたから。

「月穂、大丈夫？」

心配そうに尋ねる麻衣に、無意識にかんでいた唇を開いた。

「入学してもみんなには星弥のこと、話せなかった。星弥の親友が空翔でね。空翔にも口止めしてたんだ」

「そうだったんだ……」

「水曜日だった。テストが終わった翌日……学校に行こうとしてたら、星弥のおばさんから電話が来たの。『もうダメかもしれない』って……」

めまいがする。心がこわれる感覚が昨日のことのように思い出せる。悲しみ色に支配され、自分が自分でなくなっていく気分だった。

「星弥は私を残して死んじゃった。もう二度と会えない。頭ではわかってるのに、心がついていかない。そんな感じなの」

「月穂」

「でも、不思議な夢を見たの。夢のなかで星弥はまだ生きていて、流星群の夜に奇跡が起きるって教えてくれた。だけど夢のなかでも星弥は病気になっていて、なんとかしたかったのにうまくいかなくて、三六五個のてるてるぼうずを作る約束して、でも間に合わなくて――」

「もういいよ。大丈夫だよ」

気づくと、立ちあがった麻衣に抱きしめられていた。

涙声の麻衣に、自分も泣いていることに気づく。本当に悲しいときの涙は、静かに流れていく。悲しみも涙と一緒に流れてしまえばいいのにな……。

ギュッと抱きしめてくれる麻衣の背中に手を回した。

「ありがとう、麻衣」

「私こそ、話しにくいこと教えてくれてありがとう」

体を離して、私たちは少しだけ笑った。

「もっと月穂のこと知りたい。でも、今は私が苦しくて声に出して泣いちゃいそう」

泣きながら笑う麻衣に、私もまた泣いた。まだ悲しみは体全部に残っている。止めてくれなかったら、私も悲しみに呑まれていたかも。

「流星群が流れたあとにちゃんと話するね」

「うん」

うなずく麻衣のうしろに誰かが立っていた。

「あ……」

深川さんだった。麻衣も気づいたのだろう、ふり向いたまま固まる。

離れたところに立っている女子ふたりが興味深そうにこっちを観察している。

深川さんは前髪をさわりながら、

「なんで泣いてるの？」

と尋ねた。心配しているようにも、茶化しているようにも思えた。

「なんでもないよ」

「なんでもないわけないじゃん」

麻衣の肩に手を置いた深川さんが、「ね」と耳に顔を寄せた。

「なにかひどいこと言われたの？」

「ちがっ……」

否定する麻衣から私へ、深川さんはゆっくり視線を移す。

「だったらいいけど、なんかあったら言ってよ。それより、これからテスト対策しない？」

いいよね、とでも言うように私をじっと見つめてくる。

「だって白山さんは七夕までは学校に来られないみたいだし。あ、テストは受けてるけどね」

「あの……リナちゃん。大丈夫なの。あたし、大丈夫だから」

麻衣の言葉に深川さんは立ちあがると、「そう」とだけ言って戻っていく。最後まで私をじっとにらむように見ていた。

「あの、麻衣。私、帰るね」

「え、でも……」

「やっぱり家でてるてるぼうず作るよ。深川さんと勉強して、明日私にもこっそり教えて」

戸惑った顔の麻衣に「大丈夫だから、ね？」と笑みを浮かべると、渋々ながらうなずいてくれた。

リュックを背負い、足早に教室を出た。

階段を駆けおりようとしたとき、

「待って」

声が聞こえた。松本さんの声だ。

階段の上に立つ松本さんが、困った顔を貼りつけて一段ずつおりてくる。

またなにか言われるのかな……。もう今日は限界値をとっくに超えている。早く帰りたい。帰って、奇跡だけを信じたい。

「あの私……」

「すごいね」

なぜか、松本さんは笑ってそう言った。

「え？」

「この間、『誰かに話してみたら？』って言ったこと、ちゃんとできてた。盗み聞きしたみたいで悪いんだけど、聞こえちゃって……。すごくびっくりしちゃった」

小声で話したつもりだったのに、聞こえていたんだ……。

「ちゃんと話したいって思ったから……」

「すごいよ」とくり返してから、松本さんは悲しげに眉を下げた。

「うちの兄もそうだったらよかったのにな……」

たしか、松本さんのお兄さんは、大学に行かない宣言をした、って言ってたよね。

「すごくないよ。全然すごくない。今だって逃げ出しちゃったし」

「そうかな。案外、他人からの評価が本当の自分なのかも。私はすごいって思ったよ。それに、深川さんも口は悪いけどきっと心配してるんだと思う」

私じゃなく麻衣を心配している。そんなこと言えるはずもなく、一礼して歩きだす。

「がんばってね」

松本さんの声を背に、階段をおりた。

不思議と少しだけ、気持ちがラクになった気がしていた。

図書館のドアを開けた瞬間、夢のなかに足を踏み入れたのかと思ってしまった。すぐに、照明がオレンジ色に戻っていることに気づく。

暮れる間際の夕焼けのように、たよりない光がぽつぽつと書庫を浮きあがらせている。

一か所だけ明るい光を放っているのはカウンターがある場所。

カウンターの向こうに座る樹さんが、私を認め、メガネを外した。今日は髪はしばっておらず、シルバーの髪がさらさらと流水のようにきらめいている。

「気づきましたか？」

「照明を戻したんですね。怒られないですか？」

「平気ですよ」

光のなかで樹さんはいたずらっぽく笑った。

「自分のやりたいようにやることにしたんです。案外、私は頑固者でしてね。それにここって、実は個人経営の図書館なんです」

「個人経営？」

てっきり公営の図書館だとばかり思っていた。

「祖父の個人書庫を公開したのがはじまりなんです。補助金をもらう兼ね合いで、市の監査や助言も大人しく聞いていましたが、もう我慢するのはやめることにしました。そのほうが、亡くなった祖父もよろこぶでしょう」

澄《す》ました顔の樹さんがどこまで本気かわからない。前の椅子を手のひらで示されたので腰をおろすと、樹さんはカウンターの上で両手の指をからませた。

「もうすぐ流星群がやってきますね」

「はい。でも天気が心配です」

この照明くらい美しい夕暮れになればいいのに。夜になれば星が広がり、月がほのかに山頂を照らしてくれるはずだ。

その日になにが起きるというのだろう。夢のなかの星弥を救える自信は、一グラムも残っていない。てるてるぼうず作りだって、きっと間に合わない。

「不思議な夢はまだ見るのですか？」

「ここ数日は見ていません」

私を見つめたまま黙る樹さんに、少し迷ってから「きっと」と続けた。

「意識的に夢を見ないように拒否しちゃっている感じです。あの続きを見たくないんです」

もし次に夢を見るなら、星弥が再入院してからのことだろう。最後はホスピスに転院し、会えないと言う星弥とはメッセージのやり取りだけだった。

七日の朝の電話が来てからのことは思い出したくない。

星弥のおばさんの気持ちが、今になって理解できる。自分がこわれてしまう経験は二度としたくない。考えるだけで、果てしない宇宙に放り出されるように怖い。

　長い髪を手際よくひとつにしばってから、樹さんは背筋を伸ばした。

「その気持ち、わかる気がします。私も昔の夢を見ることを拒否している。奇跡を信じられればよかったのですがね」

ため息交じりの言葉を落としてから樹さんは口の端を少しあげた。無理して笑っているように思えた。

「樹さんも、夢で会いたい人がいるのですか？」

前にも似た質問をしたことがある。あのときはうまくはぐらかされたけれど。

樹さんはあいまいにうなずいた。

「誰だって年を重ねれば、会いたくても二度と会えない人がいるものでしょう」

まだ若い樹さんがそんなことを言うので、返答に困ってしまう。

自分でもおかしいと思ったのか、「一般論です」と樹さんは付け加えた。

「目を閉じているときに会えても、目覚めるといない。私のように弱い人間は、夢の世界へ依存してしまうでしょう」

「私も……夢のなかで生きていたいって思いました。でも、今は星弥の弱っていく姿を見たくない。都合いいですよね……」

「それが人間なのでしょう」

「やっぱり……夢の続きを見たほうがいいのでしょうか？」

自信なさげに上目遣いで尋ねる。

きっと同意するだろう、という予測は外れ、樹さんは困った顔で首をかしげた。

「よく人は、『どうせ後悔するなら、やり切ってから後悔しろ』みたいなことをもっともらしく言いますよね。あくまで個人的な意見なのですが、それには賛同できません。アドバイスをする人にとっては、結局は他人事ですから。それに、やり切ることで、さらに新しい傷を背負うことだってあると思います」

思わぬ自論に驚いてしまう。自分でもそう感じたのか、樹さんは苦笑した。

「結局、私は奇跡を信じなかった。そんな私からすれば、あなたは必死でがんばってきた。これ以上無理をする必要はないと思います。ただし――」

まっすぐに私を見つめたまま樹さんは続ける。

「奇跡を願ったあなたが、強くなっていることはたしかです。私ともこんなにたくさんお話ししてくれるようになったのですから」

なんてやさしい目をしている人なんだろう。潤んだ瞳の奥にある悲しみを隠そうともせず、樹さんはほほ笑んでくれた。

「強くなった実感はありませんけど……」

「自分ではわからないものです。自分の評価は自分ではできない。概して他人からの印象で決められるものです。星弥君のために必死でがんばっているあなたは、きっと前とは違います」

さっき、松本さんが言っていたことと同じだ。

本当にそうだろうか？　そうなのかな？　そうなのだろう。

「今日、友達に星弥のことをはじめて話しました。暗い気持ちにさせてしまう、って心配だったけれど、少しでも話せてよかったと思う自分もいます」

麻衣は私の重荷を一緒に背負ってくれた。星弥がいなくなって、ひとり残された私に手を差し伸べてくれている。

ふわりと椅子から立った樹さんが、電気を消して天井に星空を広げた。無数の銀河が私を見おろしている。

「月穂さんが選んだ道を、あなたの友達は応援してくれますよ。私も同じです」

星弥を救うために強くありたい、と願った。今からでも間に合うものなの……？

あと四日でこの町に流星群がふる。

星弥を救えるのならなんだってやる。奇跡を信じるのに理由なんていらないんだ。

あきらめかけていた勇気がまた生まれてくるのを感じた。

部屋のドアがノックされる音はたしかに聞こえていた。

夢中でてるてるぼうずを作っていたせいで、返事をするのが遅れてしまった。二度目のノックのあとドアが開いた。

お母さんは私の部屋の散らかりようを見て目を丸くしてから、たくさんのてるてるぼうずに気づき、「あら」と間の抜けた声を出した。

「ご飯だよね。ごめん」

お母さんを押し出すように一緒に部屋を出て一階へおりる。お父さんはすでにビールを飲んで、ほがらかな表情を浮かべていた。お父さんの斜め前の席につく。

今夜はトンカツ。千切りキャベツの緑がやけに鮮やかに見えた。

「しかし、もう七月かあ。明日は七夕だな」

お父さんがトンカツにソースをかけた。お母さんにいつもかけすぎと注意されているからか、少しかけて様子を見て、また追加している。

お茶を淹《い》れ終わると、お母さんも前の席に座った。

「テストは明日までだっけ？　終わったら夏休みね」

お母さんがそう言うと、「いいなあ」とすかさずお父さんが話題を受け継ぐ。

「俺なんてお盆すら休めないかもしれないんだぜ」

「あら、いいじゃないの。お仕事があるだけでありがたいものよ」

「そうだけどさぁ。俺だって疲れるんだよ。な、月穂？」

白米から湯気が甘い香りとともに浮かんでいる。味噌汁《みそしる》とトマトサラダ、トンカツにキャベツ。いろんな色やにおいで胸が苦しい。

……違う。こうやってなんとか私を元気づけてくれるふたりに、胸がいっぱいになっているんだ。

「お父さん、お母さん」

ずっと星弥のことを言えずにきた。痛いくらいの心配に気づいていても、口に出せなかった。だって、星弥の死を受け入れてしまったなら、本当にひとりぼっちになると思っていたから。

樹さんは言っていた。私が選んだ道を応援してくれる人はいる、って。

「星弥のことで、ずっと心配かけてごめんなさい」

カチャンと音がした。箸を落としたことに気づいていないのか、お母さんは私を見たままフリーズしてしまっている。

そうだよね。ずっと、この話題を避けてきたから。

「私ね、星弥が病気になってから、すごく怖かった。誰に会っても、星弥の前でさえも病気のことを口に出せなかった。星弥がいなくなってからも、そのことが信じられないままだった」

「月穂……」

「一緒に行くはずだった高校にひとりで通いだした。新しい友達もできた。だけど、自分のことじゃないみたいだった。さっきまで笑っていたと思ったら、急に泣きたくなったり……。こわれたおもちゃになった気分だった」

お母さんが隣の席に移動してきて、私の肩に手を置いてくれた。

肩に伝わる温度を感じながら、私は感情を言葉にする。

「学校に行きたくないときもあったし、サボったりもしてる。いつも、理由を考えてくれてありがとう」

「いいのよ。そんなの……そんなの親なら当然じゃないの」

涙声になるお母さんの向こうで、お父さんはトンカツをじっとにらんでいる。

「星弥がいない世界で生きていくのが怖かった。星弥が死んだことを受け入れるのが怖かった。星弥が入院しているとき、神様にずっと願ってた。だけど、奇跡は起きなかった。それなのに、私は……」

今も奇跡を信じている。くじけそうになっても、やっぱり星弥が好きで。それ以外の言葉では気持ちが表せないよ。

星弥の夢は、あの日以来見られていない。

明日は七月七日。てるてるぼうずだって、徹夜しても足りないまま当日を迎えてしまう。天気予報は変わらずの曇りで、降水確率は午後のほうが高くなっている。

「苦しいの。信じたいのにくじけそうになる気持ちが苦しいの」

「月穂」

ギュッとお母さんが肩を抱いてくれた。涙がボロボロと頬にこぼれては落ちていく。

「お母さん、私どうすればいいの？　元気になりたい。だけど、どうしても星弥のことが忘れられないの」

「大丈夫よ、大丈夫」

胸に顔をうずめても、星弥の笑顔が消えてくれない。

会いたい。どうしても会いたいよ。

「お母さん助けて。お願い、怖くてたまらないよ」

子供のように泣きじゃくる私を、お母さんはいつまでも抱いてくれた。

忘れたいのに忘れられない。笑いたいのに笑えない。泣きたくないのに泣いてしまう。このまま明日を迎えるのが怖くて仕方ない。

――どれくらい泣いただろう。

ようやく落ち着いてご飯を食べはじめた。なにを食べても涙味で、だけど美味しかった。

「月穂は強くなったのね」

お母さんの声に顔をあげた。不思議と、少し気持ちがラクになっている。

「強くないよ。泣いてばっかりだし」

「あら」とお母さんは目じりを下げた。

「だって、お母さんたちに本当の気持ちを話してくれたじゃない」

お父さんも両腕を組んで大きくうなずいている。

「学校なんていくらでも休め。月穂が思ったようにやればいいんだから」

「ほらね。保護者のお墨《すみ》つきなんだから、堂々と休めばいいのよ」

自慢げに胸を張るお母さんに少し笑ってしまう。

「普通、親がそんなこと言う？」

「うちは自由を愛する家族なのよ。さ、どんどん食べて。あ、お父さん」

お母さんが、お父さんが再度手にしたソースの瓶《びん》を奪い取った。

「ちゃんとチェックしてるのよ。かけすぎ注意！」

「バレてたか」

悔しげなお父さんに今度こそ笑ってしまった。

ふたりの子供でよかったと思えたんだ。

【夢⑤】

青空に、月がかすかに残っている。太陽の光に、外形を半透明に溶かしてもなお、空にへばりついている。

天気予報は雨のはずなのに、と考えてすぐに気づく。

「あ、これ夢だ……」

駅前のバス停。制服姿で通学リュックを背負っているから、登校するところなのだろう。

スマホを取り出し画面を確認すると、七月三日と表示されている。星弥が亡くなる四日前……。

てっきり七日の夢を見ると思っていたけれど、この日になにかあったのかな……？

ホスピスに転院した星弥は、面会を拒否しているらしく一カ月以上会えていない。きっと、弱っていく自分を見られたくないんだろうな。おばさんは電話口で何度も謝っていたっけ……。

ふと、違うバス乗り場にいる見慣れた男子が目に入った。つまらなそうにポケットに両手を入れ、ぼーっと遠くを見ているのは空翔だ。

そうだ。この日の朝、たまたま空翔を見かけたんだっけ……。声をかけることもなく私は先にバスに乗り、あとで彼がずる休みをしたと聞いたんだ。

……ひょっとして。

やってきたバスに乗らず、空翔のいるバス停へ向かう。

近づいてくる私に気づいた空翔があからさまに口をへの字に結んだ。

「おはよう。どこ行くの？」

「んだよ。関係ねーだろ」

プイと顔を逸らした空翔が、思い出したように私を見た。

「あ、俺が違うバスに乗ったこと、誰にも言うなよ」

「言わないよ」

そっか、と今さら気づく。

「空翔、ひょっとしてホスピスに行くの？」

「………」

答えないのは正解ということだろう。隣に並ぶ私に空翔は「げ」と声に出した。

「ついてくんなよ」

「私もたまたまホスピスに行くところだったの」

「ウソつけ」

空翔の口調がやわらかくてホッとした。

星弥が亡くなる前は、こんなふうに軽口をたたける間柄だったよね。星弥がいなくなることで、いろんなことが変わってしまった。

「空翔はさ、星弥に会えているの？」

私の質問に空翔はぶうと頬を膨らました。

「部屋の前までは行ったけど、入れてくれない。なかからカギかけてんだぜ。あいつ、マジむかつくんだよな。そっちは？」

「私は建物の前まで。最近じゃ、建物の屋根を見て帰ったりしてる」

会いたくて会いたくて、だけど星弥を困らせたくなくて。

この日の夢を見ているのは、その後悔をなくすためかもしれない。

星弥は七月七日の早朝に亡くなった。私が駆けつけたときにはもう、死亡診断書がおりていた。

「今日は絶対に会うから」

決意を込めて言う私に、空翔は「おっかね」と笑った。

ホスピスのなかに入るのは二度目だった。星弥の危篤《きとく》を知らされ、夢中で廊下を走った記憶が残っている。

薄いオレンジ色の壁紙にグリーンのソファが配置され、あたたかみのある内装だった。

「いいか。自然なそぶりで受付の前を通ること。星弥の部屋は家族以外の面会はお断り。ここでバレたら追い返される。ちなみに俺も前回はバレて追い返された」

「わかった」

「よし、行くぞ」

ふたりで澄ました顔で受付を通り過ぎた。受付にいる女性がチラッと私たちを見たけれど、診察券を持った女性に話しかけられそっちの対応をはじめた。

受付が見えないところまで進むと空翔が「やったな」と前を向いたまま言ったのでうなずく。

そこからは、右へ左へと空翔の導くままに進む。

「このエレベーターで三階へ行くのが正しいルート。でも、着いた先にステーションがあるから確実に敵に見つかる。しかも敵のレベルはかなり高い」

「なるほど」

ゲームにたとえる空翔が懐かしい。最近ではこんな会話、してなかったから。

「てことで、非常階段を使う。俺が捕まったとしても、敵はひとりしかいないから先に進め」

「了解しました」

さっさと階段へ進む空翔に遅れないようについていく。

一歩ずつ階段を上るたびに、これが夢であることを忘れそうになる。

まだ星弥は生きている。

もっと早く、空翔に頼んで連れてきてもらえばよかった。

「なあ、月穂」

先を行く空翔が足を止めずに尋ねてきた。

「星弥に会ったら、なにを言う？」

「え？　考えてなかった」

素直に答える私に、空翔が「んだよ」と不機嫌な顔になる。

「考えてないのかよ」

「そういう空翔はどうなのよ」

階段をのぼる足音がやけに響いている。ふと、空翔が足を止めた。

「わかんねぇよ。ホスピスって調べたら、〝終末期〟とか〝最後の〟とか嫌な言葉ばっか出てくるし。こんなときにかける言葉なんて、学校じゃ教えてくれなかったし」

空翔はもう体ごとこっちに向いていた。

「星弥に追い返されたなんてウソ。部屋の前までは行くことができても、ノックすることができなかった。んで、帰る。それのくり返しだった」

　そうだったんだ……。私と同じで空翔も星弥に会えてなかったんだ。

「なあ、やっぱり帰ろうか。あいつに迷惑かけたくないし」

　親友の死期が近いことを、空翔も受け入れられないんだ。強そうに見えて、だけど弱くって……。誰もが星弥の死に怯えている。

「ダメだよ」

　迷いなくそう言う私に、空翔は驚いた顔をした。

「もし帰ったら、きっといつまでも今日のことを後悔することになると思う」

「でも、さ……星弥だって嫌だから拒否してるんだろ？」

「だったら私が聞いてみる」

　星弥とのラインを開くと、懐かしいやり取りが表示されている。

【今日は体調いいよ】【おやすみ。テストがんばって】【病院食マズすぎ】

　彼がいなくなってから一度も開いていないメッセージたちは、キラキラ輝いて見えた。もう、後悔したくない。

【今、ホスピスにいるの。どうしても会いたい。空翔も一緒にいる。勝手なことしてごめんなさい。会いに行ってもいい？】

　送信ボタンを押すとすぐに既読マークがついた。空翔に画面を見せると、もう泣きそうな顔になってる。

「マズいよ。絶対に怒らせたって」

「もしそうだとしても、私は会いに行く」

夢のなかではもう迷わない。現実世界に反映されなくてもいい。少しでも後悔の数を減らしたいだけ。

空翔は眉をひそめていたけれど、「んだよ」と例の口ぐせを放った。

「俺より月穂のほうがしっかりしてんじゃん」

「してないよ。ただ、未来の自分のためにできることをしたいだけ」

スマホが震え、星弥からのメッセージが表示された。

【いつか来る気がしてた。今、看護師がいるから五分後に来て。ただし、ベッドを囲ってるカーテンは絶対に開けないって約束すること】

空翔に見せるとすぐに「もちろん」と答えた。

【わかった】と返信をし、空翔と階段を駆けあがる。五分数えてから廊下に出ると、空翔に案内され奥の部屋へ進む。

「あそこの部屋」

空翔の指がさす部屋からおばさんが出てくるのが見えた。おばさんは私たちに気づくと、軽く会釈をした。

「遠いところをありがとうね。今、星弥から聞いてびっくりしてたの」

「いえ、突然すみません」

おばさんは記憶のそれよりもやつれていた。疲れた顔に、無理して笑みを浮かべている感じだ。

そう考えると、おばさんが夢を見ない選択をしたのは正解かもしれない。ずっと星弥のそばにいるぶん、悲しみはもっと深いだろうから。

「聞いていると思うけど、あの子、今の姿を見せたくないの。それだけは……」

おばさんは部屋を気にするように声を潜めた。

「はい。必ず守ります」

たとえ声だけでもいい。彼のそばにいたい。

下で待つ、と言うおばさんを見送ると、空翔が固い顔のままドアを二回ノックした。もう一回分ノックを加える私に眉をひそめてくる。

「二回のノックはトイレ用。部屋に入るときは三回ね」

「細かすぎ」

「カーテン越しでも、その深刻そうな顔はバレちゃうよ」

「あ……」

ふう、と息を吐くと空翔は勢いよくドアを開けた。

「星弥、来たぞ」

いつも通りの元気な声。私もなかに入り、ドアを閉めた。

広めの個室の中央に、ベッドを囲むように丸く、短めのカーテンが設置されている。カーテン越しになかの様子が確認できるようにか床から二十センチほどは隙間があって、ベッドの足や床頭台が見えている。

奥には広い窓があり、高台にあるおかげで空がすぐ近くに見えた。

「星弥」

名前を呼ぶと、クリーム色のカーテンの向こうで布団のこすれる音がした。ベッドから起きあがったのか、ギイときしむ音がして、カーテンの下の隙間から星弥の足先が見えた。

「わざわざ来てくれたんだね」

「俺もいるけど」

「わかってるよ」

笑い声はあの頃のまま。きっと星弥も待っていてくれたんだね。

「星弥、つらかったら横になっててね。勝手にふたりで話しかけるから」

「大丈夫。さっき目が覚めたところでさ、今日は体調、いいんだ」

「うん」

「でも、久しぶりに声が聞けてうれしいな」

少しでも星弥を感じたくて、そっとカーテンに右手を当ててみた。

「今日は学校あるんじゃなかった？」

星弥の質問に「へへ」と答える。

「今日はふたりで遅刻していくつもり」

「はは。なんか、悪いね」

普通に会話ができてうれしい反面、これじゃあ前の病院での会話と同じだとも感じる。肝心な話を避けるようにぐるぐる回っている。

「ねえ、星弥――」

「あれ、空翔の声が聞こえないけど？」

横を見ると、空翔はもう泣いていた。大粒の涙をボロボロこぼしながら、

「あくびしてた。てか、お前さぁ、『会いに来るな』ってひどくね？」

強がる口調で涙がバレないようにしている。鼻を真っ赤にする空翔を見ていると、私まで泣きそうになる。

「ごめんごめん」

星弥が明るく答えた。

「俺たち、めっちゃ心配してんだからな」

腕で涙を拭ったあと、空翔はなにか言おうとして口を閉じた。どうしても涙が止ま

らないようで、歯を食いしばっている。

どんな言葉をかければいいか考えるほど、なにも浮かんでこない。そうだよね、ふたりは親友だもんね。

ふいに星弥が「聞いて」と声にした。

「空翔、俺さ……怖かったんだ」

ハッと顔をあげた空翔。私も思わずカーテンから手を離してしまった。

「死ぬのが怖い。自分の命が尽きるなんて、想像もしてなかったからさ」

ひどく落ち着いた声が耳に届き、くだけ、消えていく。

「月穂に謝らなくちゃいけないことがあるんだ。去年、体調のこと心配してくれたよね？　実は、もうそのときには病気のことわかってたんだ」

「え……」

「最初は春のことだった。やけに具合が悪い日が続いて、近くの消化器内科に行ったんだよ。そしたら先生が驚くくらい数値が悪くってさ……」

花火が弾けたみたいに目の前が光った。一秒後には真っ暗になる世界。

「すぐに総合病院へ行けって。でも、怖くて行けずにいた。自覚症状もそれほど強くなかったから先延ばしにしてしまったんだ」

「そんな……」

ぐらんと視界がまわる。ウソでしょう……。

「自分でわかってた。ああ、助からない病気なんだな、って。少しでもみんなと一緒にいたくてさ。今考えると、もっと早く行っておけばよかったな」

その場に座り込んでしまいそうなほどの絶望感が襲っている。じゃあ、あの夢のはじまりの時点で、手遅れだったということ？

「わからないよ。じゃあ、なんのために夢を——」

口を閉じれば代わりに涙がこぼれ落ちる。星弥を救いたかったのに、最初から叶わない願いだったなんて……。

「でもさ、この数日はすごく穏やかな気分なんだ」

窓から太陽の光が差し込んでいる。ホコリに当たった光が、星みたいに輝いていた。

「やっと自分の終わりを受け止められた気分でさ。薬のおかげで痛みもずいぶんラクになってる。ふたりとも本当にありがとう。ちゃんとお別れしたかったし——」

「んだよ！」

爆発するような声で空翔が叫んだ。

「勝手に自己完結してんじゃねえよ！　病《やまい》は気からだろ⁉　そんなんでどうするんだよ！」

空気が揺れるほどの怒号に、空翔の悲しみがあふれている。

「残された俺はどうするんだよ。月穂はどうすんだよ！　おばさんやみんなはどうするんだよ!!」

勢いのままカーテンを開けようとする空翔の腕に飛びついていた。ふたりでもつれるように床に倒れ込む。

「ダメ……だよ。カーテンを開けないって約束したじゃん」

「痛てぇ……」

仰向けになったまま、空翔は涙を流している。悔しくて悲しくてゆがむ顔を見ていられない。

「空翔、月穂ごめん。でも、ありがとう」

ゆっくり立ちあがった空翔が舌打ちで返した。

「うるせーよ。謝るヒマがあるなら、完治してみせろよ。奇跡を起こすんだろ？」

「もちろん。奇跡を起こしてみせるよ」

「だな」

軽く笑ったあと空翔は転がったリュックを背負った。

「俺、先に行くわ。星弥、今度は学校で話そうぜ」

「わかった」

空翔が私を見て少しほほ笑んだ。不思議だった。言葉とは裏腹に、空翔が星弥との別れを終わらせたように思えたから。

ドアが閉まると、部屋にふたりきり。ギイとベッドが軋む音がしてふり返ると、星弥がカーテンのそばまで来るのがわかった。

「そのままこっちに来てくれる？」

「星弥……」

体を起こし、ゆるゆると立ちあがる。

カーテンの向こうに薄いシルエットが映っている。右手を広げカーテンにさわると、同じように星弥も手を合わせてくれた。カーテン越しに星弥の体温を感じる。

「空翔のやつ、あいかわらず激しいな」

「うん」

「でも、あんなに想ってくれる友達がいてうれしいよ」

ちゃんと伝わってるんだな、とうれしくなった。

「星弥、起きてて大丈夫なの？」

尋ねる私に、星弥はクスクス笑った。

「実は、ふたりが来るって言ったから、看護師さんに頼んでとっておきの痛み止めを打ってもらったんだ。麻薬系の薬とか言ってたから相当強いみたい。どうしてもふたりと話したかったから」

無理しないで、と言いたかった。だけど、こんなに近くで星弥を感じられるのは最後かもしれないと思うとためらってしまう。

「あのさ……。ひとつだけお願いがあるんだけど、聞いてくれる？」

星弥があまい声でささやいた。

「うん」

「目を閉じていてほしい。俺がいい、って言うまで絶対に目を開けないで。約束できる？」

「できるよ。どんなことだってできる」

そう言って目を閉じた。怖くない。彼がいるなら私は怖くない。

ちゃんと別れを受け止めるんだ。

……別れ？　どうして私は終わりを受け入れようとしているの。

奇跡を信じて今日までやってきた。星弥ともう一度生きていくための奇跡じゃなかったの？

カーテンがレールを滑る音がしたと思ったら、私は星弥に抱きしめられていた。強く抱きしめられ、息ができない。それでも必死に抱きしめ返す。

「目を閉じたまま聞いて」

何度もうなずく私の頭を、星弥の右手が包んでくれた。

「てるてるぼうず、間に合わないよね？」

「……ごめん」

「いいよ。俺もあんまり作れなかったから。紙袋に入れてるから持って帰って」

入院中も作ってくれてたんだ……。泣いちゃいけないのに、勝手に涙があふれてくる。

「言わなくちゃいけないことがあるんだ」

今にも夢が終わりそうで、必死で星弥にしがみつく。

「流星群は奇跡を運んでくれる。でも……それはこの夢の話じゃないんだ」

思わず目を開けそうになった。

「え、夢……？」

信じられない。どうして星弥が夢の話を知っているの？

「流星群に願ったんだ。夢のなかでいいからもう一度月穂に会いたい、って。月穂にも同じ夢を見てほしいって」

「じゃ、じゃあ……この夢を星弥も見ているってこと？」

混乱する私に星弥は「ああ」と答えた。

「最初は映画みたいに見ていることしかできなかった。でも、月穂が違う行動をしてくれた頃から、やっと自分の意思で動けるようになったんだ。必死で俺に『病院へ行け』って何度も言ってくれたよな？」

「星弥……」

目を閉じていても涙はあとからあとから頬を伝っていく。星弥の行動が違ったのも、そういう理由だったんだ。

「でも、俺の病気は春には深刻な状態になっていた。夢のなかでいくら駆けまわっても結果は同じだってわかっていた。夢の世界でどんなにがんばっても、俺の命は助からなかったんだよ」

「じゃあどうして……。どうしてこの夢を見ているの？　この夢にどんな……」

おばさんの言っていたことが頭に浮かぶ。もう一度さよならをするための再会なんて、そんなのひどいよ。

ギュッとさらに強く抱きしめられる。

「この夢は、月穂が俺との別れを受け止めるためのもの。そして、俺がちゃんと旅立つためのものなんだよ。俺たち、ちゃんとお別れができなかったから」

「でも、でも……」

「受け止めて」

耳元でやさしく星弥はささやいた。

「無理だよ。やっぱり星弥は無理だよぉ……」

どうしてそんなに強くいられるの？　星弥はそれでいいの？

「俺の最後の記憶がこの夢になる。だから、今、すごく幸せだよ」

七月七日、私が病院に駆けつけたときに、星弥はもう亡くなっていた。ドラマにあるような別れのシーンもなく、私たちは永遠に引きはがされた。

「星弥っ。でも、私……ダメなの。星弥がいないとダメなの」

頭ではわかっていても感情が追いつかないよ。

「大丈夫。月穂の周りにはやさしい人がたくさんいる。だから、もっと周りに頼っていいんだよ」

「星弥っ……」

すっと星弥の体が離れた。さっきまであった温もりが急速に冷えていく。

「もう目を開けてもいいよ」

声が遠い。

目を開けると、閉められたカーテン。まるで夜のように闇が侵食してくるのが見える。

「夢が終わるよ」

「星弥。ダメ！　まだ行かないで！」

カーテンに手を伸ばすけれどうまくつかめずに膝をついてしまう。

暗闇のなか、星弥の声が聞こえる。

「最後まで信じて。流星群の奇跡は、信じた人にだけ訪れるから」

その声を最後に、あたりは真っ暗になった。

ひとりぼっちの世界でなにか聞こえる。これは……電話の音。

また夢が変わったんだ……。

一気に明るくなる視界のなか、私は家の階段をおりている。覚えている、この電話は星弥のおばさんからだ。

「はい。白山です」

電話に出たお母さんの声が聞こえる。

スマホを開くと、七月七日の午前六時半。そう、あの日は雨だった。お母さんから星弥が危篤だと知らされたんだ。

ホスピスへ向かう足がやけに重く感じたのを覚えている。

リビングに入ると、お母さんが子機を持ったままぼんやりと立っていた。焦点の合わない瞳が、ゆっくりと私に向いた。

「お母さん」

「あ……」

私に気づくとお母さんは「月穂……」と震える声で言った。

「あの、ね。今日は学校を休みなさい」

「星弥が危篤……なんでしょう？」

そう尋ねると、お母さんはひどく狼狽《ろうばい》した顔をした。やっぱりそうなんだ……。

さっきまであった温もりがもう恋しい。

でも星弥、私は受け止めるよ。今はまだ不安定でも、きっといつかちゃんと前を向けるはず。

「ホスピスに行ってくるね」

部屋を出ようとしたとき、お母さんが「つ、月穂」と呼び止めた。

「もし……万が一のことがあったとしても、お母さんたちがいるから。だから、どうか……」

覚えている。あの日、私はお母さんに『万が一ってなに？　ひどいこと言わないで！』って叫んで家を飛び出したんだ。

今ならわかる。お母さんは、これが最後の面会になるって知ってたんだ。

涙目のお母さんに、大きくうなずく。

「お母さんありがとう。行ってきます」

ホスピスへの道を歩く。夢のなかでも雨はリアルにカサを打っている。けぶる信号機、置き忘れられた三輪車、くたびれたスーツのサラリーマン。どれもが悲しい色に見える。でも、あの日とは違う。

私は弱くてもろくて全然ダメだけど、少しでも強くなりたい。周りのみんなに力をもらうだけじゃなく、いつか与えていけるように。

全部、星弥が教えてくれたんだね。

ホスピスの門をくぐると、駐車スペースの真んなかで空翔が立っていた。雨に濡れるのも構わず立ち尽くす姿を、あの日も見た記憶がある。

悪い予感が当たらないように、声もかけずに星弥のもとへ走ったよね。

「空翔」

「ああ、月穂」

雨に負けないように大きな声で呼びかける。

ふり向く空翔は、まるで夢から覚めたようにぽかんとしていた。

「星弥は……？」

「俺が来たときには……」

「そう」

同じだ。どんなにがんばっても、運命には逆らえなかった。過去を変えることはできなかった。でも、わずかに残る希望を信じることに決めたから。

「会いに行ってやれよ。待ってるはずだから」

悔しげに顔をゆがませる空翔にカサを差し出した。

「行ってくるから待ってて」

走って玄関まで向かおうとする私に「なあ」と空翔は言った。

「こないだはありがとうな。そしてごめん。でも、ちゃんと星弥と話せてよかった」

「……私もだよ」

濡れながらホスピスに入り、三階までエレベーターに乗る。不思議と心は落ち着いていた。

奥まで進み、ノックしてからドアを開けた。

星弥が、いた。

ベッドの上で眠っているように目を閉じている。

あの日感じた衝撃ほどじゃない。それでも、気づくと私は座り込んでいた。体中の力が抜けたみたいに動かない。

ああ、星弥は先に逝っちゃったんだ。二度も私を残して、みんなを残して、ひとりぼっちで旅立ってしまったんだね。

「月穂ちゃん」

腕を支えてくれたのはおばさんだ。

「あ、すみません……」

「見てやってちょうだい。あの子、すごく安らかな顔をしてる」

「はい」

映画のシーンをコマ送りで観ているみたい。眠るような星弥の顔、おばさんの泣き顔、雨に負けた空。

あんな経験をもう一度するんだ……。

気づけば私は丸椅子に座り、星弥の手を握っていた。

ああ、やっぱり悲しい。何度経験しても、叫びたくなるほどの悲しみが痛みとなり、胸をこんなにも締めつけてくる。

「星弥……」

彼が私のために教えてくれた強さ。それを持ち続けなくちゃいけないのに、視界が潤んでしまう。

——行かないで、私を置いて逝かないで。

心が悲鳴をあげている。なにもかもあきらめたくなるほどの悲しみに包み込まれてしまいそう。

「ありがとう」

隣に座ったおばさんの声が丸い。

あの日、おばさんは泣きじゃくっていた。こわれていく記憶のなか、おばさんは星弥に泣いてすがっていたはず。

目が合うとおばさんは目じりの涙を拭った。

「今、私も夢を見ているの。星弥が亡くなった日の夢を」

「え……そうなんですか？」

肩で息をするとおばさんは静かに目を閉じた。

「怖かった。星弥の夢を見るのが怖かった。でも、見なくても考えてしまうから。だったら、ちゃんと受け止めようって思えたの」

おばさんは愛おしそうに星弥を見つめ、それから私へ視線を移した。

「この間、月穂ちゃんと空翔君がここに来たでしょう？　あれは夢のなかだけのことでしょう？」

「はい」

「あのあと、星弥に言われたの。『夢を見てくれてありがとう』って。あの子、私たちのために、こんな夢を見せてくれてるのね」

お腹のなかから一気になにかがあふれてくる感覚。すぐにあたたかい涙になって頰にこぼれた。

でも、これは今までとは違う涙だ。

「星弥はすごいです。私、夢から覚めたら少しだけ変われる気がしてるんです」

希望じゃなく決意の言葉がするりとこぼれた。おばさんは「そうね」とうなずいてから私の手を握ってくれた。

「私も、いつか……」

おばさんは言葉の途中で口を結んだ。喉の奥に引っついたままの言葉が出る日を信じ、私も言う。

「一緒にがんばりましょう」

がんばろう、がんばろう。がんばれ、がんばれ。

言葉にすると陳腐《ちんぷ》で安いけれど、心で願う気持ちはきっとみんなに届くはず。きっと、周りのみんなも私を応援してくれていたんだね。

「あ、雨があがったわね」

おばさんにつられ窓の外を見た。まばらな雲の間から光が射している。空のはしっこに、まだたよりなく細い月が浮かんでいる。

満ちては欠けをくり返すのは、月も私も同じなんだ。

これからも、弱くなった日にはあなたを想うよ。だから、安心して未来で待っててね、星弥。

【日記アプリ】

7月7日　□晴れ　□曇り　☑雨　□雪　□その他

星弥が、亡くなった。
最後に会うこともできなかった。
さよならも言えなかった。
『好き』と伝えられないまま、全部、終わった。

【第六章】 君のためにに星がふる

テストが終わると同時にクラスはわっとにぎわう。結果がどうであれ、二週間もすれば夏休みは来るし、なによりもテストから解放されたよろこびでテンションがあがってしまうもの。

はしゃぎながら帰っていくクラスメイトを横目で見ながら、荷物をまとめる。これから家に戻り、時間ギリギリまでてるてるぼうずを作らなくてはならない。

あの日夢から覚めると、部屋の片隅に星弥がくれたてるてるぼうずが入った紙袋があった。ぎゅうぎゅうに押し込められていたてるてるぼうずは、私の作ったものよりも不格好で、星弥らしいなと思った。

目標の数にはまだまだ遠い。なんとかがんばらなくちゃ……。

ふと、教室から音が消えた気がした。見渡すと、何人かのクラスメイトが自分の机でじっとしている。

普段なら放課後は壁際に集まるはずの深川さんたちも、会話を交わすことなくうつむいている。

……どうしたんだろう？

不思議に思いつつも、残りの荷物をリュックのなかに放り込んだ。

椅子を引く私に、「待って」と言って深川さんが歩いてくる。どこか焦ったような早足は、彼女らしくない。

「まだ、このあとあるから」

「……え？　このあと？」

「もう少しだけ待ってて」

通せんぼするかのごとく立ちはだかる深川さんに、

「あ、うん」

ヘラッと笑って答える私がいる。

違う、私はもう変わるのだから。気持ちは言葉にしないと伝わらない。

ぐっと気合いを入れて深川さんを見る。

「今日は大事な用事があるから帰る。ごめん、どいてくれる？」

「どかない」

「なんでそんなこと――」

言いかけて気づく。残っているクラスメイトが私を見つめている。

「え、なに……？」

「あたし、悪いと思ってない。だって、なんにも知らなかったから。白山さんが悩んでいること、知らなかったから」

目の前にある深川さんの瞳が潤んだと思ったら、頬に涙がこぼれた。

どうして深川さんが泣いているの……？

「こないだ、麻衣に相談してたでしょう?」

「え……」

やっぱり聞かれてたんだ……。

「白山さんと中学が同じだった友達に聞いたり、空翔君にも聞いた。そんなことあったなんて知らなかった。だから、ごめん」

麻衣が遠くでうなずいている。どういうことなの?

「……わかった。でも、今日は時間がないの」

てるてるぼうずを作ってから、天文台へ向かわなくてはならない。

なのに深川さんはその場から動いてくれない。

そのとき、教室のドアがガラッと開き、クラス委員の松本さんが戻ってきた。そのまま壇上に立つと、松本さんは扉のほうへ顔を向けた。

「時間がないよ。ほら、早く早く」

「んだよ。人使い荒すぎだろ」

文句を言いながら入ってきた空翔の手には、大きな段ボール箱があった。

教壇にドスンと置くと、駆け寄った深川さんが中身を配りだす。

ティッシュボックス、布、紐……。

「白山さん、今、てるてるぼうずは何個くらい完成しているの?」

松本さんの質問が耳をするりと通り過ぎていく。

てるてるぼうず……。え？

「あ、あの……てるてるぼうずって、私が作ってるやつのこと？」

「そう。だいたいの数でいいから教えて」

考えるよりも先に「一六五個」と答えていた。朝方までかかっても、結局それだけしか作れなかった。これから帰って二百個は厳しい。

だからこそ一秒でも早く家に――。

松本さんが壁の時計を見たあと、あごに人差し指を当てて考えるポーズを取った。

「残ってくれたのは十三人。深川さん、悪いけどもう何人か声をかけてきてくれる？」

「わかった。まだ近くにいるはずだもんね」

教室を飛び出していく深川さんに、仲のいい子がふたり続いた。

松本さんが「じゃあ」と黒板に〝二百〟とチョークで書いた。

「ひとり十五個を目標に作りましょう。手伝ってくれそうな人に心あたりのある人がいたら連絡してください。その都度、目標値は変更します。目は描かずに、ある程度数がたまったら白山さんに渡してください」

麻衣が私の席に黒いマジックペンを大量に置いた。

「麻衣……」

すがるように尋ねると、麻衣は大きくうなずく。

「私じゃないよ。空翔君が何人かを集めて話をしたの」

「空翔が？」

体をビクンと跳ねさせた空翔は、聞こえなかったフリで道具を配っている。

「月穂が言えなかったのと同じで、空翔君も彼のこと、ずっと言えなかったんだって。月穂が話してくれたから、いろんなことが動きだしたんだよ」

「でも……」

その間にも、松本さんが作りかたを説明していく。残ってくれたクラスメイトのなかにはあまり話したことのない人もいる。

「それじゃあ、製作開始」

松本さんの合図にてるてるぼうず作りがはじまった。さっきまでの沈黙はなく、休み時間のように騒がしい教室。

いつもは苦手だった雰囲気も、今はやさしく感じられる。

「白山、これって持って帰るの？」

話をしたことのない男子が尋ねてきた。うしろから違う女子の声がする。

「天文台に運ぶんだよね？　だったら手伝うよ」

「バカ。いちばん上手にできたやつだけ持っていくって説明あっただろ」

「バカってなによ！」

ワーワー騒ぐみんなにあっけにとられていると、松本さんが私を手招きで呼んだ。そのまま教室の隅へ連れていかれる。

「ごめんね。勝手なことをして」

「ううん。びっくりしたけれど……うれしい」

同じように松本さんはほほ笑んでから、「うん」とうなずいた。

「日比谷君は、『全員集めて話をする』って聞かなかったんだけど、それじゃあ大事《おおごと》になっちゃうでしょう？　この間残っていた人や部活のない人限定にしてもらったの」

松本さんはメガネを人差し指で直したあと、しゅんとうつむいてしまう。

「ごめんね」

「ううん、私こそごめん」

もっと早く、想いを言葉にすればよかったと思う。でも、今だからこそ言えたのもたしかなこと。過去は変えられないけれど、これからの私は自分に素直でいたい。

「あの、ね……」

気弱な言いかたは松本さんらしくなかった。

「ごめんね、っていうのは違うことに対してなの。言ってなかったことがあるんだけど聞いてくれる？」

「うん」

作業をするみんなを見渡したあと、松本さんは迷うように口を開いた。

「うちの兄の話、したでしょう？」

ひとつ年上で、大学には行かない、と宣言したお兄さん。聞いたのがずいぶん前のことのように思える。

「実は、うちの兄、皆川君と同じ中学校なんだ。皆川君の所属していたテニス部の部長だったの」

「え……」

「卒業してからもOBとして、何度も練習を見に行くほど熱心だった。だから、皆川君が亡くなってから、ずいぶんと落ち込んで……」

星弥がよく言っていたOBは、松本さんのお兄さんだったんだ。

「私も最初は、白山さんと皆川君がつき合っていることは知らなかった。でも、兄が教えてくれたの。兄はいつもあなたのこと、心配してたよ」

「そうだったんだ……」

自分の知らない人が心配してくれているなんて、想像すらしてなかった。きっとお兄さんも苦しいはずなのに……。

「白山さんが、去年の夏から学校を休みがちになったのもそれが原因だってわかってた。いつか、白山さんが誰かに打ち明ければいいなって思ってたの。だから、この間村岡さんに話しているのを見てすごく、すごくうれしかった」

胸にあたたかいものが広がっていく。お兄さんだけじゃない、松本さんも見守ってくれていたんだね。

「お兄さんは……」

かすれる声で尋ねると、松本さんはやっと笑みを浮かべてくれた。

「白山さんが立ち直ろうとしていることを教えたら、少しやる気になったみたい。大学に行かない宣言も撤回して、今は志望校選びの真っ最中。ほんと、調子がいいんだから」

ほがらかな笑みに、松本さんの重荷が軽くなったことを知る。

星弥は私だけじゃなく、いろんな人に勇気を与えてくれたんだ。悲しみも連鎖していくものだけど、前向きな気持ちも同じように広がっていくんだね。

――教えてくれてありがとう。

壇上に進むのも、「あの！」と声を出すのにも勇気は必要なかった。

つらい気持ちを隠し、元気そうに振る舞ってきた。薄っぺらな私の仮面は今、足元へ落ちていく。粉々に砕け散る音をたしかに私は聞いた。

「今日は本当にありがとう。まだくじける日もあるだろうけど、がんばるから」

「がんばらなくてもいいんじゃね？」

空翔が茶々を入れ、戻ってきた深川さんに「うるさい。ちゃんと聞きなさい」と怒られている。クスクスと笑い声が生まれている。

あ、私も自然に笑えている……。

「がんばらずにがんばる。だから、てるてるぼうず作り、お願いします」

一瞬の間があったのち、ワーッと雨のような拍手が鳴った。

雨はまだふり続いているけれど、きっと晴れる。

確信に似た気持ちを胸に、頭を下げた。

最後の一個を窓枠にくりつけると、窓はてるてるぼうずのカーテンみたいになった。

「壮観だなこりゃ」

両腕を組んで感慨深げにつぶやいた空翔の横でうなずく。

最初はひとつずつ窓枠に飾っていたけれど横幅が足りずに、苦肉の策で縦にもつないだ。

みんなにお礼を言ったあと、数人だけが教室に残った。

「これだけ飾ったんだからきっと晴れるよね」

麻衣がてるてるぼうずの隙間から空を確認した。雨はやんだものの、上空には灰色の雲が途切れなく続いている。

「そういえばさ」と空翔が前を向いたまま空翔が言った。

「松本の兄ちゃんが、あの松本OBだって知って驚いたよ。星弥にも教えてあげたかったなあ」

「そんなに怖かったの？」と尋ねた松本さんに、空翔は身震いをしている。

「怒鳴るとかじゃなくて、冷静に叱るんだよ。それがマジで怖かった。そういうところ、松本と似てるのかもな」

「褒め言葉として受け取っておくね」

クスクス笑う松本さんに、空翔も笑っている。

深川さんが「これ」と、私が選んだてるてるぼうずを渡してくれた。自分で作ったもののなかで、いちばん星弥に似ているてるてるぼうず。

「ありがとう。あの、本当にありがとう」

「いいって。あたしも……ごめん」

私は、みんなとの間にガードを張ってきた。いくつものガードを設置することで自分を守ろうとしてきたんだ。

もう、そんなことはしない。たとえ、奇跡が起きなくても私は私らしく生きていきたい。

てるてるぼうずをリュックのサイドにくくりつけた。

「そろそろ行ったほうがいいかも」

麻衣の声に壁時計を見ると、午後五時半を示している。家に帰る時間はもうないから、このまま向かうしかない。

「これ、よかったら使って」

麻衣が大きめのエコバッグを渡してきた。なかには、レインコートと前開きの白いパーカーに長めの靴下、懐中電灯とランタン、それにペットボトルのお茶とお菓子が入っている。

「カサをさすと歩きにくいでしょう？　あと、山頂は夏場でも冷えるらしいし。そのほか、万が一遭難してもいいようにいろいろと、ね。荷物になっちゃうかもしれないけど……」

受け取った荷物を肩にかけると、思ったよりも軽かった。

「ううん、ありがとう」

「私は先生に報告してくるね」

バッグを手にした松本さんにうなずく。

「みんな、本当にありがとう。行ってくるね」

教室をあとにして、急いで階段をおりる。
外に出ると水たまりをよけてバス停へ向かった。山へと向かうバス停に立っている
のは私だけだった。
やけに車の通行量が多い。みんな天文台へ向かっているのかな……。山のほうに目
をやると、厚い雲がすっぽりと覆っている。形を変えながら流れる雲を見て念じる。
——どうか流星群が見られますように。
くたびれたバスが、やっと姿を現した。車内を見てギョッとする。ぎゅうぎゅうに
人が乗っているのだ。
ドアが開くと、乗客たちが迷惑そうな目で見てくる。これ以上乗れないよ、と言わ
れているような気がして体が動かない。
どうしよう。歩いても流星群には間に合うのかもしれないけれど、この荷物じゃ厳
しい……。
「乗ります！」
そばで大きな声が聞こえた。
見ると、空翔が乗客に向かって突っ込んでいくところだった。
「月穂、早く」
同じように乗り込んだ麻衣が手を伸ばした。その手をつかんでステップに足をかけ

た。

「奥へ詰めてください！」

空翔の声に少しスペースが空いた。

なんとか車内に乗り込むとすぐにドアが閉まりバスは走りだす。

「え、どうして？」

手をつないだまま麻衣に尋ねると、彼女は真っ赤な顔で口をもぞもぞ動かした。

「俺が誘ったんだよ」

そっぽを向いた空翔がひとりごとみたいにつぶやいた。

そうなの？と麻衣を見ると恥ずかしそうにうつむいてしまう。

「俺、晴れ男だしさ。聞いたら麻衣ちゃんもそうなんだって。最強コンビが近くにいたほうがいいかな、って」

空翔の顔がトマトみたいに真っ赤になっている。いつの間に〝麻衣ちゃん〟という呼び名に変わったかは知らないけれど、今はそれすらも幸せな気分をあと押ししてくれているみたい。

「よかったね」

麻衣に小声で伝えると、麻衣はますますうつむいてしまった。

バスは私たちを乗せて、ゆっくりと天文台へ向かっていく。

車内のどこかで「ああ」とため息がいくつか聞こえた。

窓を見て気づく。また、雨がふりだしていた。

天文台はたくさんの人で混み合っていた。

駐車場は半分ほど埋まっていて、場所取りのためか、入口あたりにはたくさんのシートが敷いてあった。なかにはテントを張っている人までいる。

一瞬ふりだした雨は、晴れコンビのおかげですぐにやみ、雲の合間には暮れかかった空が見えている。隣山のスキー場にも、観察をしようとたくさんの人の姿がある。

「そこ、どいて！」

声のするほうを見ると、天文台の入口で怒鳴っているのは……溝口さんだ。

「ちょっとここで待ってて」

空翔たちに言い残し、溝口さんのもとへ走った。

「だからここはダメだって。入口に置かれちゃ迷惑なんだよ！　あっち行って」

白衣の胸を反らして注意する溝口さんに、ぶつくさ言いながら若いカップルがシートを手に去っていく。

「まったくもう、なんで私が……」

ぼやく溝口さんが私に気づき、「ああ」と表情を緩めた。

「白山……月穂ちゃんだっけ？　いらっしゃい」

よかった。夢のなかで会っただけだから忘れられているかと思っていた。やっぱり夢のなかでの出来事は現実にも影響を与えているんだな……。

星弥との思い出を共有できる人がまたひとり増えてうれしい。

「すごい人の数ですね。びっくりしました」

「天気のせいか、これでも予想よりは少ないけどね」

腰に手を当てる溝口さんが群れのボスみたいに思える。

「普段は無関心のくせに、『なかに入れろ』ってうるさいんだよ。こっちは客商売じゃねえのにさ」

「今日はこのままいるんですか？」

溝口さんが腕にはめた時計を見やる。

「流星群は九時くらいには見えるかな。ピークは午後十時頃だから、最後の人が帰るまではいなくちゃね。バス会社のやろう、勝手に増台しておいて現地のことはほったらかしなんだよ。あとで文句言ってやらないと」

溝口さんなら本気でクレームつけるんだろうな。思わず噴き出してしまう。

「いい顔してる」

風に目を向けた溝口さんに、首をかしげた。

「前に会ったときは、必死って感じだったから」

「あ、はい。今は、すごく穏やかな気分です」

「そっか。ちゃんと受け止められたんだね」

　こんな気持ちになれる日が来るなんて思わなかった。悲しみに包まれた日々があったからこそ、今の自分がいる。過去を含めて、私はこれからも生きていくのだろう。

　ふと疑問が胸に生まれた。

「溝口さん……星弥が亡くなったこと、ご存じなのですか？」

　あれ以来の再会なのにどうして知っているのだろう？

　溝口さんは「ああ」とうなずいてから口を開こうとした。同時に、天文台の入口のドアがギイと音を立てて開き、誰かが出てきた。長い髪をひとつにまとめ、スーツ姿の男性は……。

「樹さん？」

「あ、月穂さん。こんにちは」

　図書館で会うときとなんら変わらない挨拶をする樹さんに、

「なに？」

　と、溝口さんがぶっきらぼうに尋ねた。

「出てくんな、って言ったろ。特別になかに入れてやってんだから目立つなよ」

「そうなんだけど、やることがなくってね。本を取りに行こうかと思って」

「じゃあさっさと行って。駐車場、そろそろ満車になるよ。ほら早く」

シッシッと手で追い払う溝口さん。

「ゆっくり話せなくてすみません」

追い立てられるように駐車場へ向かっていく樹さんを見送る。

まさかふたりが一緒にいるなんて思わなかった。ひょっとして樹さんと溝口さんは恋人同士とか……。

私の推理を遮るように「違うから」と溝口さんはぴしゃりと言った。

「ろくでもない想像してるんだろうけど、不正解。樹は、私の弟だから」

「姉弟!?」

そんな関係だとは思ってもいなかったから大声を出してしまった。

「私は結婚してるから姓は変わっちゃったけどね」

「結婚!?」

「いちいち驚かないの」

あきれた声で言ったあと、溝口さんは鼻から息を吐いた。

「うちは不思議家族でさ。祖父と父は医者なんだよね。母はパートの仕事に命かけてるし、樹は、祖父の書庫を図書館にしてる。みんな自分の世界に熱中しすぎてんのよ。

ま、私も天文学にどっぷりだから人のこと言えないけどね」

「すごく……びっくりしました」

胸に手を当てて驚きを言葉にすると、当たり前のようにうなずく溝口さん。

「言ってないから知らないのは当然。なんでも言葉にしないと伝わらないもんね」

「はい」

なんだか自分のことを言われているような気分。気にした様子もなく溝口さんは空に視線を向けた。

「さっきの質問の答えを言うね。星弥君が亡くなったことは樹から聞いてた。あんたのこと心配してたよ」

「そうだったんですか……」

「あいつもいろいろあってさ……。あんたと同じで奇跡を信じればラクなのに、どうしてもできないんだって。そのくせウジウジ悩んでて情けないんだよ。そのうち聞いてやってよ」

やっぱり樹さんも悩んでいるんだ。それなのに、私にアドバイスをくれたり励ましてくれていた。

「傷ついている人ほどやさしいんですね」

そう言う私に、溝口さんは目を丸くした。否定されると思ったけれど、溝口さんは

「そうかもね」と言った。

「これから山頂へ行くの？」

「はい」

「地面がぬかるんでるから気をつけて。あと、誰にもバレないようにね」

そう言ったそばから「あ！」と叫んで溝口さんがダッシュした。

「ここは禁煙！　タバコ消さないなら通報するよ！」

蜘蛛《くも》の子を蹴散らすような勢いの溝口さんを見てから、もとの場所へ戻ると空翔しかいない。

「あれ、麻衣は？」

「月穂を見送ったあと、ふたりで流星群を見る場所を探しに行くって。俺も探してたんだけど、どこがいいのかさっぱり」

歩きだす私に空翔が並んだ。

「場所、覚えてる？」

「うん、たぶん」

こないだ夢に見たばかりだから大丈夫なはず。人の少ない山側まで来ると、該当する場所の草をよりわけた。

「あった」

少し先に山道が薄暗く見えている。夜が来ればあたりは真っ暗になるだろう。

「うまいこと隠したなあ。これじゃ見つかりっこないし、そもそも怖くて行けないわ」

胸が少し痛んだ。あの日いた星弥はもうここにいない。ここからはひとりきりでのぼらなくてはいけないんだ……。

「なあ、月穂」

「ん？」

ふり向くと、空翔が翳《かげ》りゆく世界のなかで困った表情を浮かべている。

「流星群の奇跡、ってなんだと思う？」

「あ……星弥からなにか聞いてたの？」

尋ねてすぐに、前に駐輪場で自分が口にしたことを思い出した。

道を隠すように背にしてから空を見た。流れる雲の向こうでは、宇宙と同じ色の紺色が広がっている。

「奇跡はもう終わったと思う。不思議なことがあってね……。そこで星弥と会えたし、別れもちゃんと言えたから」

「あのカーテン越しのやつだろ？」

一瞬返答に遅れた。なんで空翔が知ってるのだろう。

ああ、そっか。やり直した過去が今につながっているんだ。あの日、空翔も一緒に星弥に会ったんだ。

「亡くなる瞬間には立ち会えなかったけれど、ちゃんと会えた。それが奇跡だったと思う。今からは流星群にお礼を言うつもり」

「そっか……」

そう言ったあと、空翔は首を横に振った。

「月穂は強くなったんだな。俺なんて、全然ダメダメだ」

「なに言ってるの。麻衣を誘ってくれたでしょう？　すごくうれしいよ」

あんな幸せそうな麻衣ははじめて見た。想いが伝わってよかったね、と言ってあげたい。

「そうじゃない。俺は、奇跡を……いや、あの夢を活かせなかったから」

風が草木を音もなく揺らす。

今、なんて言ったの……？

「一緒に夢、見てただろ？　俺なりに月穂が別れを告げられるようにフォローしたつもりなんだけどな」

軽い口調で言う空翔。思考が追いつかない。

「空翔も同じ夢を見てたの？　え、ウソでしょう？」

夢のなかで空翔に何度か会った。彼の対応が過去と違うことはあった。それらは、私の行動が変わったからなのかと思っていたけれど違ったの？

「親友からのお願いだったからさ」

「……星弥からの？」

足元がなくなるような感覚。崩れ落ちそうなほど体に力が入らない。

空翔は「あのさ」と目をつむった。

「星弥に最後に会ったとき——あ、これは夢のなかじゃなくて現実の話。星弥が教えてくれたんだ。流星群が奇跡を運んでくる、って。で、夢の話を聞かせてくれた。あいつ、俺に頼んだんだ。『月穂と母さんが元気になるように夢を利用してくれ』って」

息が——できない。

「もちろん信じてなかった。でも、実際にリアルな夢を見たんだよ。月穂も見てるんだな、って気づいた。でも、それを伝えたら、夢を見ることをやめるかもしれない、って思ってさ……」

いろんな謎が一気に解けていくのを感じた。図書館で偶然会ったのも、空翔なりに私を心配してのことだったんだ。

「じゃあ、おばさんがこの間、もう一度夢を見てくれたのも……」

「俺が説得しに行った。ちゃんと別れを言えてよかった、ってよろこんでたよ」

ああ、と唇をかみしめる。星弥は自分が死ぬことよりも、残された人の幸せを願ってくれたんだ。

空翔はそれに協力することで、自分の悲しみも浄化させることができたんだ……。

「すごい奇跡を星弥は起こしたんだね」

雲の間から上弦の月が顔を出した。その光から逃げるように、どんどん雲が形を変え、ちぎれていくみたい。

「違うよ」と空翔は言った。

「星弥だけじゃない。月穂やおばさんが奇跡を起こしたんだよ」

「空翔もだよ」

力を込めて言うと、空翔は真っ白い歯を見せて笑った。

「あ、いたいた」

麻衣が私たちを見つけ走ってきた。

「向こうのほうですごくいい場所見つけたの。白衣を着た人が無理やり作ってくれたんだよ」

「え、なに?」

顔をほころばせる麻衣の腕を抱き寄せた。

「麻衣ありがとね。空翔、泣かせたら承知しないからね」

ひとにらみすると、空翔は肩をすくめてみせた。麻衣は顔を真っ赤にしてアワアワしている。

ふたりを目隠し代わりにして茂みのなかへ入った。

「行ってきます」

「行ってらっしゃい」

声だけの挨拶を交わし、山道へ足を踏み入れる。

ライトが必要なほどではないけれど、秒ごとに夜がおりてくるのがわかる。

いろんなことがクリアになる今日という日は特別だ。流星群に報告をしたいという気持ちを胸に足を進めていく。心細さなんて感じなかった。


――無音の世界にいるみたい。

頂上に人の姿はなく、敷いているシートがたまに風で震えるだけ。

遠くに見えるまばらな町明かりが、星のように瞬いている。

リュックについているてるてるぼうずの頭をそっとなでた。たくさんの人への感謝の気持ちと、星弥への愛を込めて。

パーカーを羽織ってから横になると、視界いっぱいに空が映し出された。あまりにも広い空に、月と星と雲だけが存在している。

まだ雲はその姿を誇示するようにゆっくり流れている。ひとつ、ふたつ、みっつ。

半分に割れた月が控えめに光っているせいで、ライトを消すと少し先も見えないほど暗い。

もうすぐ九時半。まだ流星群はその姿を現さない。たくさんの人が、同じ空を見あげているのだろう。

目を閉じると、六月からのことが思い出される。梅雨の空、不思議な夢、みんなのこと。

死んだように生きる私を、いろんなことや人が支えてくれた。

「全部、星弥が教えてくれたんだね」

流星群が見えたら、伝言を伝えるよ。

私はもう大丈夫。まだくじけることがあったとしても、きっと歩いていける。

今日よりも少しだけ前向きに、一歩ずつでも前に進むよ。

あの日、星弥がやっていたように空に手を伸ばしてみる。届きそうで届かない星をつかんでみた。

星弥はどの星になったのだろう。今、私が見えてるのかな。見えているといいな。

七月の空にはたくさんの星座が広がっている。

雲が邪魔して見えない星座も、彼の描いた黒板のイラストを思い浮かべれば、どこにどの星があるのかわかる。

東の空には天の川が流れていて、こぎつね座を守るように夏の大三角形が見える。北には北極星が作るこぐま座が輝いている。ひとつひとつ、確認していく。

上弦の月、私の星座であるおひつじ座を重ねると、月読みは……。

「新しい旅立ち、かな」

言葉にすれば、わずかに胸が痛む。それでいい、この痛みを忘れずに生きていけばいいのだから。

ふいに星が強く輝きだした。大きな雲が月を隠したせいで、星座がくっきりと姿を現している。宝石のように光る星たち。

星弥が教えてくれた通りだ。このあたりだけは月が隠れて、大流星群が見える、って――。

なにかが視界を横切った気がして体を起こした。

東の空から矢のような線が伸びている。ゆっくりと空をなめるように真上へ光を走らせる。

「流星群……」

続いて、何本もの線が生まれる。近づくほどにその光は大きくなり、まるで花火が咲いたようにあたりが明るくなっている。幾重もの星がふっているみたい。

こんなにすごい光なの？　テレビや雑誌で言っていたことと全然違う。まぶしくて見ていられないほど強い光は、白くて黄色くて青い。

「これが……奇跡なんだね」

もう一度、空に手を伸ばした。がんばれば届きそうなほどの光が私にふっている。

「星弥、ありがとう」

どうか伝えて、あふれるこの想いを。

私に夢を見させてくれてありがとう。気づかせてくれてありがとう。

すごい数の光は、奇跡の最後を締めくくっているみたい。

「あぁ……」

爆発するように光を放ちながら空に線を描く流星群は、あまりに美しかった。あの本を書いた人も、今頃どこかで奇跡を眺めているのかな……。

「月穂」

私の名前を呼ぶ声が聞こえた。視線を下げると、光にさらされた頂上に誰かが立っていた。

草を踏みしめる音が続き、ストロボに照らされたみたいにその姿が見えた。

立っていたのは——星弥だった。

「星弥……。これも、夢なの？」

彼は私の高校と同じ制服を着ていた。着慣れていない夏服姿の星弥が照れたように笑っている。病気になる前と同じ体型の彼が笑顔で立っている。

これは……幻？

そばまで来ると星弥は「すごいね」と空を見あげた。

「あの本に書いてあることは本当だった。流星群が奇跡を運んでくれたんだ」

──涙が勝手にこぼれていく。

「月穂が最後まで信じてくれたからだね」

──星弥の姿がぼやけてうまく見えないよ。

「これが、流星群の運んでくれた奇跡なんだよ」

「星弥！」

叫ぶと同時に星弥に抱きついていた。幻なんかじゃない。星弥が、星弥がここにいる。

「星弥。星弥！」

泣き叫ぶ私の髪を星弥はなでてくれた。震えるほどの感動が体中を包んでいる。

「泣いちゃダメだよ。せっかく一緒に流星群を見られたんだから。最後は笑顔にならなくちゃ」

そう言うと、星弥は私の両肩に手を置き距離を取った。

「無理だよ。やっぱり星弥がいないと、私……」

こんなにそばにいるのに、もう会えないの？　本当にこれで最後なの？

「あーあ」

急に星弥がすねた顔をした。

「せっかくのラストシーンなのに、これじゃあ流星群に怒られちゃう」

「星弥……」

星弥が上空を仰ぎ見た。彼の上にたくさんの星たちがいっせいに流れている。

「この流星群が俺たちに奇跡を運んできてくれたんだ」

誇らしげな星弥に、私も光の線を見あげる。夜空をキャンバスにして描かれるたくさんの線は本当に美しかった。

私たちを囲むようにふり注ぐ光は、まるで再会を祝福してくれているよう。

「月穂にはたくさんの人がいてくれる。ひとりじゃない。月穂が心を開けば、ちゃんと受け止めてくれるんだよ」

「……でも」

言いかけた私に、星弥は首を横に振った。

「奇跡は俺が生き返ることじゃない。月穂が俺のいない毎日を生きていくことだよ。うまく歩けなくてもいい。でも、立ち止まるのは終わりにしよう」

そう言ってから星弥はなにかに気づいたように視線を上に向けた。まばゆい光の向こうで、月を隠していた雲が途切れようとしている。

本当は星弥にすがっていたい。だけど、だけど……私には伝えたいことがある。

「星弥、あなたが好き。はじめて話をした日から好きだった」

ずっと言えずにいた。いつか会えたらちゃんと言おうと思っていた。

「それが聞けて本当に幸せ。月穂、全然言ってくれないんだもん」

「だから……」

「だから前を向いて歩いて。つらくなったら空を見あげて。俺はさ、星じゃなく月になることにしたから。それなら月穂も見つけやすいだろ？」

星弥が指さすほうに、わずかな月の輪郭が見えだしていた。

「そんなふうに自分で決められるものなの？」

「こんな奇跡が起きるんだもん。言ったもん勝ちだよ」

「なにそれ」

星弥の前で笑うのは久しぶりだった。

そうだった……。こんなふうに私たちは、いつも楽しかったよね。

「月穂はちゃんと月読みをすること。明日から、それが俺との会話になるんだから」

「うん」

さみしくて、うれしくて、悲しくて。いろんな感情がごちゃまぜになっている。

「夢、すごかったな」

星弥はやさしい瞳をしている。まだふり続く流星群の光が、星弥の体を光らせているみたいに見える。

「本当だね」

「出会いから最後の日まで、まるで俺たちのダイジェストみたいだった」

「うん」

「てるてるぼうずも完成できたし、ほんとすごいよ」

ニッと笑う星弥に、私もほほ笑んでいた。

「星弥のてるてるぼうずはかなり不格好だったけどね」

「ああいうの苦手なんだよ」

「私も苦手。だけど、みんなが手伝ってくれたんだよ」

ひとりきりだと思っていた。だけど、そうじゃなかった。

「月穂の月は、今夜は上弦の月か」

星弥があごをあげて言ったあと、照れたように笑った。

「俺もずいぶん月について勉強したんだ」

「私も星には詳しくなったよ」

さっきまでは姿を隠していた星座がちらほらと光りだしている。

流れる星の光が弱まっている。空全体がどんどん遠くなっていくように思えた。

「そろそろ流星群が終わるよ」

当たり前のように言う星弥に、一気に悲しみが込みあげてくる。

泣いちゃいけないのに。最後は笑いたいのに……ダメだった。いきなり強くなんてなれないよ。そばにいたいよ……。

「おいで」

両手を広げた星弥の胸に飛び込んだ。

わかっている。もうすぐ星弥は流星群と一緒に行ってしまうんだ。

だったら私は最後に、最後に……。

星弥の胸に手を当て、そっと体を離した。

その顔をまぶたの裏に焼きつける。強く、強く。

思ったことを言葉にするのに勇気なんていらないんだ。

「私ね、星弥に伝えたいことがあるの」

「うん」

うなずく星弥の姿がどんどん夜に溶けていく。

「星弥のことずっと忘れたいって思ってた。こんなにつらいなら忘れてしまいたい、って。でも無理だった」

もう泣かない。肩で大きく息を吐いて、私は笑みを浮かべた。だって、好きな人をちゃんと見送るのが私の役目だから。

「星弥のおかげで夢を見ることができた。そこで気づいたのは、私はひとりぼっちじゃなかったってこと。もういなくても星弥はきっと見守ってくれているって思えた」

星弥が「うん」とうなずいてくれた。

「それに私にはたくさんの人がいてくれたの。その人たちが私にたくさんの力をくれた。だから……星弥のこと、忘れないって決めたの。一生かけてあなたを覚えていこうって決めたの」

「わかった」

星弥が私の両手を握ってくれた。がんばれ、と言ってくれているんだと思った。

「同じように周りの人のことも思える私になりたい。ううん。なってみせる」

もう星弥の姿は見えない。つないだ両手の力もどんどん弱くなっていく。

「月穂、ありがとう」

最後に強く握られたあと、星弥の手の感覚は消えた。

流星群は星弥を連れて遠くへ行ってしまったんだ、と思った。

泣きそうな気持ちをこらえ、足を踏ん張った。負けない、もう負けたくない。

ふいに、あたりの景色が急に明るくなった。

見あげれば、遠くの空に月が銀色の光をまとって浮かんでいた。
それは大好きな人のほほ笑みによく似ていた。

エピローグ

一周忌はにぎやかに終わりを告げようとしている。

おばさん手作りの唐揚げやハンバーグはとっくに男子を中心としたメンバーに完食され、今は松本さんのお兄さんが買ってきたお菓子の争奪戦がくり広げられている。

中学の同窓会みたいなメンバーのなかに、私の人生の新しい登場人物が交じっている感じ。

「月穂」

久しぶりに会った希実は、前以上にキレイになっていた。短かった髪をロングに伸ばし、黒いワンピース姿が年上っぽく見えた。

「今日は呼んでくれてありがとね」

「ううん。あ、友達紹介するね」

麻衣の姿を探すと、空翔とふたりで洗い物をしているところだった。

「麻衣ちゃんでしょ。さっき会ったよ。すごくいい子だね」

「うん。希実はどう？」

「あいかわらず。今日はこんな格好してるけど、普段は部活ざんまいで青春のせの字もないよ」

カラカラ笑ったあと、希実は「でさ」と顔を近づけてきた。

「例のアレ、持ってきてくれた？」

昨日の夜も散々ラインで言われてたから忘れるわけがない。バッグから〝月読みノート〟を取り出すと、希実が歓声をあげた。

「懐かしい。もうさ、ずっとやってもらいたかったんだよぉ」

歓声に気づいた深川さんが「どいてよ」とふざけてる男子をかきわけてきた。

「どうも」「どうも」とふたりは挨拶をしている。

もう一度、月読みができる日が来るなんて思わなかった。星弥が残してくれたものを、これからも大切にしていくよ。

ノートをめくると彼の文字が並んでいる。私が世界でいちばん大好きだった人。

「希実はね、八月前半が行動するのに最適みたい」

「マジで!?　いよいよ私にも幸せがくるかも。ううん、くる。絶対にくる！」

ガッツポーズをする希実に深川さんが拍手を贈った。

「そういえばさ」と、深川さんが私を見た。

「あの日、天文台ではあんまり流星群が見られなかったんでしょう？」

「うん。そうだってね」

翌日の新聞にも、わずかばかりの流星群の写真が掲載されていた程度だった。

「でも、月穂は見られたんだよね？」

「見た。すごくキレイで悲しくて、でもうれしかった」

目を閉じれば、いつでもあの光を思い出せる。

あの夜、私のために、星弥のために、流星群は奇跡を起こしてくれたこと、忘れないよ。

「あたし信じるよ」

「うん」

「じゃああたしのも占ってくれる?」

「よろこんで」

深川さんの月読みをする。真面目だけど、言葉のチョイスを間違えがちな星のもとに生まれている彼女。やっぱり当たってるんだな……。

気づくと深川さんのうしろに列ができていたので驚いてしまう。

月を読むことは、星弥を知ること。長い人生を星弥はいつでも見守ってくれているんだよね。

おばさんが最後の挨拶をすれば、拍手とともに会は終わりを迎えた。みんなを見送ってから、残った洗い物を片づけたりゴミを拾った。

「よし、終わり。月穂、帰ろうか」

ゴミ袋を玄関先に置いた麻衣にうなずく。

「じゃあ空翔とここで待ってて。おばさんに挨拶してくる」

おばさんを探しに二階へ向かう。

星弥の部屋の中央におばさんは立っていた。部屋はあの頃となにも変わっていない。

ついこの間、ここでてるてるぼうずを作ったんだよね。ああ、あれは夢か……。

時間が経てば、あの夢も現実と溶け合っていくみたいにどちらがどちらかわからなくなっている。それでいい、と思う。だってあの夢は実際に私たちが経験したことなのだから。

おばさんは私に気づくと、目じりのシワを深くして笑った。

「今日はありがとう。星弥に今、報告していたのよ」

「こちらこそありがとうございました」

頭を下げてから「また来ます」とつけ加えた。

ほころんだ笑顔のおばさんが手招きをしたので近づく。誰もいないのになぜかおばさんは私の耳に口元を寄せた。

「私も、星弥に会えたの」

「え？」

びっくりして顔を離すと、おばさんはクスクス笑った。

「夢での話よ。不思議な夢だった」

そう言うと、おばさんは星空を見るように天井に目をやった。

「誰もいない山の頂上に私はいてね、たくさんの星がふってくるの。気づくと星弥がそばにいて、『最後に信じてくれてありがとう』って笑うのよ」

「よかった……。おばさんにも奇跡が起きたんですね」

ああ、涙があふれてくる。星弥に会えたんだね、星弥は会いに来てくれたんだね。

おばさんの瞳にも涙が光っている。

「あの子ね、ヘンなこと言うの。『これからは月になるんだー』って、ほんと子供のままなんだから」

「案外、もう月になっているのかもしれませんよ。どんなことでも本気で信じ、周りの人も信じさせてくれました。こんな奇跡だって起こしてくれたのですから」

そう言った私に、おばさんはしっかりとうなずいてくれた。

「いろいろありがとう。月穂ちゃんのおかげよ」

「私こそ、ありがとうございました」

ふたりで一階へおりると、泣いている私たちを見て、麻衣と空翔は慌てていた。

大丈夫だよ。悲しい涙じゃなく、うれしい涙だから。

外に出ると、雲ひとつない空に月が浮かんでいた。楕円形でこれから満ちていく宵《よい》月《づき》が町を照らしている。

月光をたよりに、私も帰ろう。
星弥が笑っているみたい。笑みを星弥に返し、永い後悔も一緒に還《かえ》した。
――帰ろう、返ろう、還ろう。
明日の世界は、きっと今日よりも満ちているから。

【完】

あとがき

『君のいない世界に、あの日の流星が降る』をお読みくださりありがとうございます。

この作品の主人公は、過去の出来事により心に傷を負い、死んだように日々を生きています。

お腹は空くしニコニコ笑うことだってできる。はた目には変わりなく見えるのに、心のなかでは永遠に終わらない雨が降り続けている。雨の音がうるさくて、誰の声も耳に届かない。他者との間に透明の壁を作ることで、自分を守っているのです。

私自身も似たような経験があり、執筆するにあたり、これまでにないほど主人公に感情移入してしまいました。こんなふうに書くと暗い話に思われそうですが、そうではありません。これは主人公が再生するための物語です。

再生とは、再び生きること。

雨の終わりを待つのではなく、流星群の約束を果たすために彼女は立ちあがります。

主人公の出した答え、そして訪れる奇跡を一緒に見守ってくだされればうれしいです。

この作品が発売される三月に、小説家デビュー八周年を迎えます。

ここまで続けてこられたのは、応援してくださる皆様のおかげだと心から感謝しております。応援の声が力となり、私に物語を紡がせてくれています。

作品が、文章が、一節が、皆様の心に触れたなら、こんなにうれしいことはありません。


スターツ出版編集部の皆様、デビューからこれまで支えてくださりありがとうございます。たくさんの作品を発表させていただきましたが、どの作品も楽しく、私らしく書かせてもらっております。

表紙を描いてくださったmocha様は、かねてより大ファンのイラストレーターさんです。記念作品をすばらしい表紙にしてくださいました。デザイン担当の長崎綾様もありがとうございました。

今一度、私が生まれ変わるため、八周年記念作品としてこの物語を描けたことには大きな意味があると確信しております。

「流星群は、奇跡を運んでくるんだよ」

あなたの元にも、輝く星たちが降りますように。

二〇二二年三月　いぬじゅん

この物語はフィクションです。実在の人物、団体等とは一切関係がありません。

いぬじゅん先生へのファンレターのあて先
〒104-0031　東京都中央区京橋1-3-1　八重洲口大栄ビル7F
スターツ出版（株）書籍編集部 気付
いぬじゅん先生

君のいない世界に、あの日の流星が降る

2022年3月28日　初版第１刷発行
2023年7月７日　　　第６刷発行

著　者　　いぬじゅん　©Inujun 2022

発 行 人　菊地修一
デザイン　カバー　長﨑綾（next door design）
　　　　　フォーマット　西村弘美
発 行 所　スターツ出版株式会社
　　　　　〒104-0031
　　　　　東京都中央区京橋1-3-1　八重洲口大栄ビル7F
　　　　　出版マーケティンググループ　TEL 03-6202-0386
　　　　　（ご注文等に関するお問い合わせ）
　　　　　URL　https://starts-pub.jp/
印 刷 所　大日本印刷株式会社

Printed in Japan

乱丁・落丁などの不良品はお取り替えいたします。上記出版マーケティンググループまでお問い合わせください。

本書を無断で複写することは、著作権法により禁じられています。

定価はカバーに記載されています。

ISBN　978-4-8137-1241-1　C0193

この1冊が、わたしを変える。

スターツ出版文庫　好評発売中!!

いぬじゅん／著

イラスト・中村ひなた

定価：660円

（本体600円＋税10%）

ISBN:978-4-8137-1039-4

案内人のクロに突然、死を告げられた七海は、死を受けられず未練解消から逃げてばかり。そんな七海を励ましたのは、新人の案内人・シロだった。彼は意地悪なクロとは正反対で、優しく七海の背中を押してくれる。シロと一緒に未練解消を進めるうち、大好きな誰かの記憶を忘れていることに気づく七海。しかし、その記憶を取り戻すことは、切ない永遠の別れを意味していた……。「いつか、眠りにつく日」シリーズ、第三弾！

いつか、眠りにつく日

いつか、眠りにつく日2